Luiz Ruffato

Mama, es geht mir gut

Foto: Adriana Vichi

Luiz Ruffato wurde 1961 in Cataguases im brasilianischen Bundesstaat Minais Gerais geboren und wuchs in einer armen Migrantenfamilie auf. Er arbeitete u.a. als Verkäufer und Mechaniker und studierte Journalismus. Im Jahr 1998 veröffentlichte er einen ersten Band mit Kurzgeschichten. Drei Jahre später folgte der Roman »Es waren viele Pferde« (*Eles eram muitos cavalos*), der die brasilianische Literatur revolutionierte, von der Kritik enthusiastisch aufgenommen und u.a. mit dem Prêmio Machado de Assis der brasilianischen Nationalbibliothek ausgezeichnet wurde.
Zwischen 2005 und 2011 schrieb Luiz Ruffato den fünfbändigen Zyklus »Vorläufige Hölle« (*Inferno próvisorio*), dessen erster Band hiermit nun auf Deutsch vorliegt.
Luiz Ruffato lebt in São Paulo.

Luiz Ruffato

Mama, es geht mir gut

Vorläufige Hölle • Band 1

Aus dem Portugiesischen von Michael Kegler

Assoziation A

Titel der Originalausgabe:
Mamma, son tanto felice (Editora Record)

MINISTÉRIO DA CULTURA
Fundação BIBLIOTECA NACIONAL

Obra publicada com o apoio do Ministério da Cultura do Brasil/
Fundação Biblioteca Nacional

Die Übersetzung aus dem Portugiesischen wurde mit Mitteln des **Auswärtigen Amtes** unterstützt durch **litprom** – Gesellschaft zur Förderung der Literatur aus Afrika, Asien und Lateinamerika.

Assoziation A | Gneisenaustr. 2a | 10961 Berlin
www.assoziation-a.de
hamburg@assoziation-a.de | berlin@assoziation-a.de
Titelgestaltung und Satz: kv | Druck: CPI
ISBN 978-3-86241-421-5

Für Geni und Sebastião, meine Eltern
Für Helena und Filipe, meine Kinder

Da sagte Daniel: Gott, du hast also an mich gedacht;
du lässt die nicht im Stich, die dich lieben.

Daniel 14,38

Und es gibt Schiffe, die nie ankommen
selbst ohne Schiffbruch erlitten zu haben:
nicht, weil niemand sie steuerte
über das Meer,
weil sie kein Segel gehabt hätten,
kein Ruder, keinen Anker, keinen Wind
sie sich betrunken hätten
oder Routen sich geändert,
sondern einfach nur weil
bereits faulig der Stamm war
des Baumes aus dem sie geschnitten.

Jorge de Lima

Mama, es geht mir gut

Mamma, son tanto felice
Perché ritorno da te

Bixio Cherubini

Eine Fabel

André, kleiner André, Andrezim, schwere Geburt, bis zu ihrem letzten Atemzug schwitzte »Tantchen« Maria Zoccoli bei der Erinnerung: An die, die durch ihre Hände zur Welt kamen und durchkamen, der Schwierigste kam in der Hocke, und wie schmerzten sie die vielen Ungeborenen!, furchtbare Abgänge, Missgeburten, Krüppel, Totgeburten, eine Saat von Engelchen bei den Bananenstauden hinter den Häusern der kleinen Parzellen rund um Rodeiro, so viele! Doch Andrezim nicht, der strotzte vor Leben, aber die alte Micheletta ließ er fast umkommen, eine zierliche Frau, blutarm und zartblau, so weiß, immer im Bett, schlaff, trächtig, »krank« jedes Jahr, ihre Jugend durch den Unterleib verrinnend, zwanzig Jahre lang schwanger, gelähmt, dreizehn Geburten – acht Mädchen –, »Wollbäume« in jener giftigen Sprache der Hauptstraße, groß, Baumwollhaar, blond, dicke Apfelbäckchen in gepunkteten Kleidchen, listige Mienen in kurzen Hosen. Praktisch veranlagt pflegte der Vater, der alte Micheletto, die Säuglinge eigenhändig zu päppeln: Brüllte der Balg nach sechs, sieben Monaten zur Stillzeit noch immer, sattelte er an einem Freitag sein Pferd und ging im Sonntagsstaat auf die Gasse, den neuen Micheletto anzumelden, im Kopf Namen umherwürfelnd. Vor dem zuständigen Notar und dessen Frage »Wie soll es heißen?« wand er sich dann und griff, um nicht als Hinterwäldler zu erscheinen, auf den erstbesten Verwandten zurück, ehrte ihn auf diese Weise und war erleichtert. Sonntagnachmittags stellte er seine ein Meter achtzig auf den Hof, strich den Kindern über den Kopf, die Hände voll Bonbons, streichelte die Hunde und legte sich dann hin, den in den Zimmern der Damen aus der Rua do Quiabo zurückgelassenen Schlaf nachzuholen. Und es waren so viele Namen, so viele Gesichter und so wenig Verstand, dass er gar nicht erst versuchte, die Gesichtszüge jedes einzelnen der kleinen Wesen zu behalten, die durch die Flure des Hauses wuselten. Wenn es sein musste, rief er »Bub, mach und tu«, »Mädchen, dies und das«, hegte mehr Zärtlichkeit für das Vieh und den Acker als für die Brut, denn Erstere machen zwar Arbeit, doch auch zufrieden, und Letztere nichts als Verdruss.

Er baute seine Familie aus zwischen Axthieben und Brandrodung, Pflug und Hacke, tief hinten in einem engen Tal auf halbem Weg zwischen Rodeiro und der dahinter aufragenden Serra da Onça, dazwischen Três Vendas so ziemlich am Ufer des hastig dahinfließenden Rio Xopotó: Ein Loch vom Erlös harter Arbeit, Sonne auf Sonne im Rücken, in steilen Kaffeeplantagen von Piau, von Gott, Vater und Mutter verlassen, verloren, besessen die Wege zwischen den Pflanzreihen jätend und schließlich auch bei der Ernte im Einsatz, um dann endlich stolz Schein auf Schein dieses von Jauguatiricas und männerarmdicken Jararacuçus, Waldhirschen, Wildhunden, Fröschen und Gürteltieren, Affen und Wölfen beherrschte Dickicht Schwarz auf Weiß in Besitz nehmen zu können. Er begann damit, Bäume zu fällen und die Stümpfe herunterzubrennen, mit dickem Bambus Wasser aus einer Quelle zu fassen und Steine zu hauen zur Befestigung der Fundamente für das Haus mit sechs Zimmern, die Hände fiebernd vor Schwielen, die Schultern krustig von grindigem Blut. Er zog Wände aus Balken und Querbalken hoch, deckte das Dach, schaffte auf Eselsrücken Ziegel und Schindeln aus »Onkel« Antônio Finettos Ziegelei heran, um dieses Ende der Welt urbar zu machen. Und verschlang als Gefangener seiner Obsession sieben Monate Leben in der weiten Einsamkeit des Paradieses mit Arbeit, vom Brüllen des die Nacht verscheuchenden Morgens, bis ihm die Finger vor Müdigkeit juckten, denn die Zeit drängte. Im Schein der Laterne mühte er sich mit Tischlerei, fertigte Tische, Schemel, Truhen, Hocker, Kleider- und Vorratsschränke. Als er schließlich die Fron für beendet erklärt hatte, trat er, gleich einer Erscheinung, auf die Hauptstraße, eingezwängt in meerblauen Sonntagsstaat, den er bei Singulani hatte anfertigen lassen, vor Unbeholfenheit flatternd und die Füße in die Folter der noch neu knarzenden Stiefel gepresst, von Haus zu Haus auf der Suche nach seiner

Eva, die mit ihm diese von Stimmen noch jungfräuliche Welt besiedeln sollte. Nicht lang brauchte er, bis ihm ein Mädchen aus der Familie der Bicio gefiel, Chiara, gerade kein Kind mehr, vierzehn und mit breiten Hüften, die Gebärfreude versprachen, obwohl sie selbst schmal und verschüchtert, von Sommersprossen übersät und nicht sehr hell war im Kopf, wie er später herausfinden sollte, als es zu spät war, den Handel noch zu widerrufen.

Den Sonntag hielt sich der alte Micheletto frei, um sich, außer den Gottesdienst in der São-Sebastião-Kirche zu besuchen, um Händel zu kümmern, das Pferd zu beschlagen, Vorräte bei Maneco Linhares und Kleinkram im Laden des Türken zu kaufen, Reis in der Maschine zu schälen, bei Pivatto einen zu trinken, Kälber und Ferkel zu tauschen, bestellte Enteneier oder eine Wildente auszuliefern, für Frauengeschichten, dies und das und noch mehr. An einem solchen Tag richteten Andrés Augen ihr Licht auf den Vater: Zwei riesige, lange Arme hoben ihn auf die Schultern des Riesen, der schon halb betrunken über den Platz stakste, stolz auf das Faultier in den Baumkronen deutete, den vorwitzigen Äffchen Popcorn hinstreute und nach den schläfrigen streunenden Hunden trat. Der Tabakgeruch aus seinem üppigen, rötlichen Schnurrbart über seinem Mund legte sich über seine schon schütteren blonden Haare, die blauen Augen, die Kleidung aus schlichter Baumwolle, drang in alle Poren, in alles, dazu noch der saure Geruch nach Cachaça, der ihn betäubte, seinen Blick zum Verstummen brachte, wie alt war er da?, zwei? oder drei? Wie oft würde ihn dieser Mann noch streicheln?, der so groß war, dass er fürchtete, er werde mit dem Kopf gegen die Wolken stoßen, und so schweigsam, dass er erschrak, wenn er seine Stimme vernahm, und so seltsam, dass Bekannte, die ihm begegneten, den Boden absuchten und schnalzten, was eine Begrüßung sein sollte und doch keine war, und das so verbohrt, dass sie ihn mieden auf der Straße, ein Mann, dessen ganzes Augenmerk seinen von Ebenholzpflöcken und Stacheldraht eingefriedeten Ländereien galt, hinter deren Tor, dort, wo früher der schmutzige Wald, Steine, Erosionsrinnen und Termitenhügel und nun Weiden für Zebus und Gyr-Rinder waren, Zitronenhaine, Limonen, Tangerinen, Apfelsinen, Zedernfrüchte, Mandarinen, Tabak, Mais, Kaffee, Zuckerrohr, Gemüse, Reis, Avocados, Mangos, Jakobsfrucht und auch Hühner, Enten, Hunde und Katzen. Später sollte André sich auch an die frühen Morgenstunden erinnern, in denen er, aufgeweckt vom Gesumme der Nacht, durch sein Zimmerfenster zum Ufer hinunter den Vater beobachtete, der, eingehüllt in die Kälte, seinen Blick durch die Dunkelheit über jede einzelne Pflanze, jedes Tier, jede Knospe, jedes Jungtier schweifen ließ, Manns genug, aus dem Gestrüpp herauszutreten und es mit dem Jaguar aufzunehmen, der Nego gerissen hatte, einen verkackten, dahergelaufenen Köter, dumm, opportunistisch, feige, aber Teil seines Besitzes, und ebenso energisch wie in der Lage, für Jahre kein Wort mehr an seine Frau zu richten, nicht einmal bei der Totenmesse, weil er sie für unwillig hielt, männliche Nachkommen hervorzubringen oder, wenn sie sie schon auf die Welt brachte, am Leben zu halten, denn von fünf Jungen kamen nur zwei durch. Die anderen wanderten einer nach dem anderen sieben Hand breit unter die Erde, der Dreijährige vom Biss einer Viper; der Zwölfjährige starb an einer Dorne im Fuß, gegen die nicht einmal Umschläge aus Günsel mit Olivenöl halfen, dunkel wie der glänzende Leib eines schuftenden Schwarzen, der Achtzehnjährige dann melancholisch an von Ameisengift zersetzten Gedärmen. Die Mädchen hingegen, die zu nichts gut waren, fütterte er durch bis zur Hochzeit und stieß sie ab, sobald ihre Regel kam, aus Angst vor dem unvermeidlichen Unglück, das jede Frau unter ihrem Kleid trägt, wie jene, deren Namen man nicht nennt, deren Missgeschick allerdings selbst der Staub auf den Lehmpfaden säuselt. Irgendwann zog ein fliegender Händler durchs Land, die Nase erhoben und schwatzhaft in staubigem Anzug und Schlips und verwinkelter im Ausdruck als die Falten im Gesicht der greisen Italiener, zwei Pappkoffer unter dem Arm, aus denen wie von Zauberhand Feuerzeuge, Nähzeug, Garnrollen und Knöpfe, Haarklammern und Tücher, Spulen und Lockenwickler, unzähliger Kleinkram auftauchten, und klopfte dreist unsinnige Sprüche, Hat der Chef kein Geld? Sollen die Mädels hier nur gierig gucken? He Chef!, kritzelte dann, den Bleistift mit seinen Lippen benetzend, Bestellungen in ein Heft voller Eselsohren, und als schon niemand mehr mit ihm rechnete, rief einer: Der fliegende Händler ist wieder da!, Der fliegende Händler ist da!, Nationalfeiertag. Der Vater stützte sich auf den Stiel seiner Hacke, peilte den Rauch an, der aus dem Schornstein geblasen kam und suchte nach seiner Ältesten, Hat sie jemand gesehen? Stieg vom Maisfeld hinab auf Siebenmeilenstiefeln, ließ die Pferde satteln, steckte seine Pistole in den Hosenbund, hängte Gewehr und die große Hacke über den Sattel und drängte mit den zwei Knechten dem Sirren der nächtlichen Straße entgegen. Man sagt, er habe die Flüchtigen in einer Pension in Astolfo Dutra aufgestöbert, doch der Fremde sei über das hintere Fenster in den Garten hinaus, sei durch den Rio Pomba geschwommen und dann Richtung Rio de Janeiro verschwunden, doch das Mädchen habe er an den Haaren aus dem Zimmer gezerrt, mit einem Seil gefesselt und hinter sich her geschleift, er zu Pferd, sie zu Fuß, mäuschenstill, schiefer Blick, bis ihn an der Kreuzung hinter der Stadt der Polizeichef eingeholt hatte mit zwei Polizisten. Der Vater zog seinen Hut, Mischen Sie sich nicht ein, Doktor, das geht nur mich an, nicht der Mühe wert, und der Mann fragte besorgt zu dem Mädchen hin, Sind Sie seine Tochter, und sie nickte mürrisch, der Alte, Sie ist eine Plage, Doktor, Es ist Schicksal, und trieb Gaul und Knechte zur Eile, Los Leute. Am Aufstieg zur Serra da Onça stieg er ab, es war inzwischen Tag, schlang das Halfter um einen Pfahl und zerrte das Mädchen am Strick bis hinauf auf die Weide, als die Sonne am höchsten stand, löste den Knoten, Geh schon, du Elend, verschwinde, verschwinde weit fort, los!, brüllte er und stieß sie durch das hohe Gestrüpp, und sie weinte, Vater, und er zielte auf sie mit dem Gewehr, Geh, Elende, tu, was ich dir sage, und sie, Vater, verzeih mir Vater, er hielt ihr den Lauf ins Gesicht, Geh, Elende, tu, was ich dir sage, sie, Vater, und rannte verzweifelt, als dann der Knall eines Schusses die Geräusche des Nachmittags verstummen ließ, sahen die beiden Knechte erschrocken den Vater ruhig zu seinem Pferd zurückkehren, die Hacke ergreifen, Grabt ein tiefes Loch, dass die Tiere nicht an ihr fressen, es ist mein Fleisch und Blut, und stellt ein Kreuz auf, und als sie in der Dämmerung ankamen, sahen sie Micheletto den Alten betrunken, in den dichten blauen Rauch seiner Maiszigarette gehüllt. Wäre dies der einzige Tod hinter seiner Stirn, wäre er schon auf ewig verdammt, aber nein, außerdem stieß er sein Messer noch in die Brust eines streitlustigen Mitbürgers, der einem schwarzen Holzdieb beisprang und so seine eigene Gier unter Beweis stellte, und dann war da noch ein flüchtiger Pächter, der seinen Anteil an der dritten Zuckerrohrernte anzweifelte, und dessen Sohn, die ihm aufsässig auf der Straße entgegenkamen, und als der Bursche nach einem Knüppel griff und dem Vater rechts in die Seite schlug, griff der zur Pistole und gab zwei Schüsse ab auf den Mann und einen auf den Sohn, der dunkle Tropfen im Staub hinterließ und verstarb.

An jenem Abend, als sie von der Höhe des Pfades, der von der Straße zwischen Rodeiro und Serra da Onça hinunter in die Tiefe des Tals führte, das am Boden des Abgrunds gestrandete Haus mit den sechs Zimmern erblickte, drehte sich die Sanduhr des Lebens von Chiara Bicio, der alten Micheletta, um: Sie begann zu sterben. Und sie verging Stunde um Stunde, ihre Gesundheit verwelkte in stumpfsinnigen Blutbädern der vielen Geburten, ihr Verstand schwand durch die Zweige der feuchten, endlose Nächte lang heulenden Bäume. Anfangs dachte sie noch, wenigstens die Familie würde sie einmal besuchen, doch weit gefehlt, Vater brach mit der

Bicio-Familie und stellte sicher, dass kein Verwandter je in die Nähe dessen gelangte, was ihm gehörte, und fesselte sie an die Nabelschnur endloser Schwangerschaften, ließ sie alleine dahinvegetieren in ihrem Raum, dessen Türen und Fenster von außen verrammelt waren und aus dem sie mit fünfunddreißig erst, bereits erstarrt und in ein Tischtuch gewickelt, wieder herauskommen sollte, leicht wie ein Vogel, sodass selbst der Wind sie liebkoste auf ihrer letzten Fahrt auf dem singenden Ochsenkarren bis zur São-Sebastião-Kirche, wo man sie, damit sie ordentlich zu ihrer Totenmesse erscheine, in Holz kleidete, und es Leute gab, die nicht glauben wollten und Ist sie es wirklich?, Ist sie es?, flüsterten auf dem Weg bis zum Friedhof, einundzwanzig Jahre lang eingesperrt, Sie war verrückt, sie musste weggesperrt werden, murmelte man, Ach je, die Arme ... Die Mutter, auf sie strahlten Andrés Augen eines sonnigen Morgens, in der Hocke versunken in sein Spiel mit Bittermelonen, die seine Tiere waren, hinter dem verbotenen Zimmer, gleich bei dem Abhang, der mehr als zwei Meter tief abfiel, und die Welt war beschäftigt mit eigenem Tagwerk, als ein Flüstern durch den Fensterspalt drang, Pst, Pst, er sprang erschrocken auf, Pst, Pst, und sah in ein einzelnes Auge, »drinnen« in der Dunkelheit, He Kind, eine Tote, die Stimme, He, Junge, verbrauchte Luft, Hilf mir, mach auf, starr witterte er, wo waren die Brüder und Schwestern?, wo?, nur aus der Ferne das Singen der Viehtreiber, Hee, Hoo, Lass die Finger davon, Junge, sonst setzt es was, ich schlage dich windelweich!, die donnernde Stimme des Vaters, Mach da nicht auf!, Mach auf, Junge, hilf mir, und er stemmte sich gegen den Riegel, Er ist fest, Dann mach die Tür auf, Bub, guter Bub, säuselte sie, Komm guter Bub. Er ging um das Haus herum, durch die Küche, die Vorratskammer, seine kleine Hand drehte den hölzernen Haken und ein muffiger Dunst heftete sich für immer an seine Kleidung, noch in seiner letzten Stunde sollte ihm dieser Brackhauch Beklemmung verursachen, und als sein Blick sich an das Dunkel der Kammer gewöhnt hatte, sah er auf einem verlausten Strohsack die Irre, zusammengekauert, den prallen Bauch eingerahmt zwischen Armen und Beinen, die nichts waren als Haut und Knochen und aus einem einfachen Nachthemd hervorstanden, ein gespenstischer Käfer, dunkle Ringe um die Augen wie Schminke unter dem dünnen Haar voller Läuse, das Laken gesprenkelt von zerdrückten Flöhen, Blut auf dem unebenen Boden, Hol mir Wasser, er griff nach dem Krug und füllte ihren Becher auf, Eine Hölle verdorrt mich von innen heraus, weiter nichts, die derbe Hand des Vaters zischte auf sein Gesicht, weiter nichts. Wie viele blaue Flecke auf Andrés Körper sollten diese Hände noch zeichnen? Eine Schnute, ein Widerspruch, Ungehorsam, ein Ausrutscher, Regen, Abwege, Fieber, Verschwinden, Widerspenstigkeit, Dummheit, alles das machte Micheletto, den Alten, rasend, und dann griff er blind nach allem, was in seiner Reichweite lag, einen Holzscheit, einen Prügel, einen Gürtel, eine Rute, Bambus, die Knute, die Peitsche, ein stumpfes Messer, wie lange noch?, wie lange noch?, empörte er sich.

In Ermangelung männlicher Arme bestellte der Vater das Land, solange er konnte, mit weiblicher Hilfe, wenngleich der Einsatz der Mädchen bescheiden war beim Kochen und Putzen der Töpfe, Heranschaffen von Kesseln mit Essen und zur rechten Zeit aufgebrühtem Kaffee, Pflügen, Mähen, Bewässern, dem Hüten der Rinder, Aufräumen und Kehren im Hof, Melken und Buttern, Tabak schneiden, die Affen vertreiben, Mais ernten und abstreifen, Waschen und Bügeln, und falls eine schließlich auf dem Altar eines Mannes landete, war das ein Arm weniger an der Hacke, doch auch ein Mund weniger zu ernähren, es bleibt sich gleich, und kein Grund, sich den Blattschneiderameisen, Termiten, der Erosion, dem Gestrüpp, den Insekten und Würmern, dem Verfall, der alles überwucherte, wo war noch einmal das Maisfeld?, die Bohnen?, der kleine Kälberstall?, das Schweinegatter?, die Weide für die Schwarzbunten?, zu ergeben. Nachdem die Irre beerdigt war, verkroch sich der Vater wie ein Tier, und mit dem Bann der in alle vier Winde verstreuten Michelettos und Bicios ganz einverstanden, auf seinem Land, versteckte sich unter den Tieren, aß, trank und schlief bei ihnen, er selbst dem Vieh gleich, ein Thema erregter Gespräche an dahinsiechenden Abenden, zwischen den Stühlen auf den Bürgersteigen von Rodeiro, als Warnung der Mütter an das quirlige Kind, irgendwann nur noch Anspielung, Legende und schließlich nichts mehr, das Tal war verwildert, gefürchtet, in archaisches Schweigen getaucht, und in der Erinnerung verblassend dem Vergessen anheimgegeben.

Stolz schaute André schon mit vierzehn auf das Land jenseits der Grenzen von Rodeiro, seine Arbeitskraft tageweise nach Diamante und Corgo do Sapo verdingend, nie Richtung Serra da Onça, groß, staksig, grau und zurückhaltend, tagsüber schäbig in grobem Leinen und gestreiftem, langärmligem Hemd, harte Stiefel am Fuß, mit einem fransigen Strohhut und am Gaumen klebend die filterlose Zigarette, doch später, nachdem Füße, Gesicht, Arme und der übrige Rest gewaschen waren, verwandelte er sich in einen Anderen, hochmütig auf dem Göricke-Fahrrad mit Rückspiegel und tring tring Klingel am Lenker, Griffe mit bunten Fransen, Nabenputzer, Spritzlappen und dem Wappen von Botafogo am Sattelschoner, Dynamoscheinwerfer, mit sauberer Kleidung, strahlenden Zähnen, sorgfältig mit Brylcreme geglättetem Haar und einfachem Parfum auf dem Kragen die fünf Straßen erobernd, 'Nabend, 'Nabend, respektvoll die Finger an die Krempe gelegt, aus der Ferne das Schwätzen belauschend, den Streit, ein Gelage, Lästerei, Heiterkeit, mit sich selbst redend auf den Feldern und Weiden des Alto do Cruzeiro und auf der Staubstraße, ein Pferdewagen, ein Willy's Rural, Reiter, ein Fußgänger oder auch niemand, die Einsamkeit der stillen Wüsten, innerlich aufgewühlt, Zittern unter der Haut, ein Befremden, wenn er wochenends bei den verheirateten Schwestern verschnaufte, zu Mittag hier, zu Abend da, zum Kaffee dort, zigeunernd, sich mit den Mädchen vergnügend beim Tanz, mit den Alten bei einem Schwätzchen, mit den Gleichaltrigen bei Fußball, Hahnenkampf und im Wettstreit um Kanarienvögel, mit dem Bruder »zum Gucken« bei den Mädels der Rua do Quiabo, rechts neben der Kirche und links von der Kneipe, voll Sehnsucht, ein Pfeifen im Ohr, eines Tages so mutig zu sein, es bis Ubá zu schaffen, das soll eine große Stadt sein, weitläufig und modern, mit dem Blick auf die Busse, die auf dem Platz eine Pause einlegten, Cataguases-Ubá, Augen in die Fenster gemalt, das Joch irgendwann abwerfen und gehen, alles liegen lassen, eine Arbeit finden in einer Möbelfabrik und Geld verdienen, sich einen Goldzahn einsetzen lassen, und dann endlich eine Braut suchen und heiraten, was sonst soll man erreichen im Leben? Und von diesem Summen getrieben beschloss er dienstags, am Montag zu gehen, schmiedete Pläne für die Auflösung seiner Siebensachen, Die Hacke verkaufe ich, Und das Fahrrad?, Das Fahrrad?, und da er dafür keine Lösung fand, wurde die Reise noch einmal verschoben, dann standen Verpflichtungen im Weg, ein Spiel der zweiten Mannschaft des Spartano, die Taufe eines Neffen, eines Patenkindes, eine Angelpartie, eine Beerdigung, ein vielversprechender Blick, und dann, als er gerade am Stand der Kirmes zum Junifest an der São-Sebastião-Kirche ein Stück Seife am Haken hatte, berührte sein Bruder ihn an der Schulter, zog ihn in eine Ecke, sagte, André, das ist Salvador und stellte ihm einen Mann vor, der älter war als sie beide, vielleicht dreißig Jahre, einen dichten Bart trug und ihm die schwielenlose Hand gab. Salvador, angenehm, sagte er freundlich, Angenehm stammelte André verlegen und wie ein Echo, Ich werde euch brauchen können, sagte der Mann, bevor er in der Menge verschwand, die sich vor der Bühne drängelte, wo Santo Chiesa die Gaben versteigerte, Hauptgewinn war ein Kalb, wie André aus dem Lautsprecher hörte, der oben in einem Baum hing; Pedro, Pedro, sagte er aufgeregt und konnte kaum Schritt halten mit seinem jüngeren Bruder zwischen den Leuten hindurch, Pedro, was hat dieser Salvador gemacht, dass er so viele Leute braucht?, und der Bruder, der versuchte, den Mann nicht aus den Augen zu verlieren, antwortete hastig, Noch gar nichts hat er gemacht ... Wird noch ...

Morphinsulfat

»Morphium ist ein narkotisches Analgetikum,
insbesondere geeignet zur Behandlung
von starken und stärksten Schmerzen,
die auf andere Schmerzmittel nicht ansprechen.«

Schon wieder ein Hustenanfall. Die Frau nahm Wäsche von der Leine, betastete die hängenden Kleidungsstücke, hielt sie sich ans Gesicht, um zu sehen, ob sie noch feucht waren, und wenn sie kratzten, faltete sie sie zusammen und warf sie mit den Holzklammern in den tiefgrünen Plastikkorb, den sie mit der Spitze ihrer abgetretenen Gummilatschen über den Hof schubste. Träge versank die Sonne zwischen den halben Orangen der Hügel. Der August breitete Staub über den gefegten Boden. Immer magerer wurde sie. Von jeher schon dürr, schleppte sie ihre Knochen die Wände des winzigen Häuschens entlang, Vorhänge aus grobem Leinen trennten die einzelnen Zimmer, ein winziges Loch im Schlauch eines verstaubten Fahrrads, achtlos stand es in einer Ecke der Vorratskammer, zusammen mit anderem Zeugs.

Die Tochter nebenan zögerte, ihr zu helfen. Nervös, Bauch am Gasherd, mit dem Holzlöffel heftig Polenta umrührend, der Deckel auf dem Bohnentopf klappernd, vom Reis fettiger Dampf, geriebene Zucchini in Tupperware, wartete sie, dass der Mann aus der Fabrik heimkam, den Magen in den Kniekehlen, bis die Kinder aus der Schule hereinstürmten, quengelnd, wenn es zu lang dauerte, *Mein Gott!*, Töpfe, Besteck, Teller stapelten sich im Becken, *So viel zu tun!*, sie würde die Telenovela um sieben verpassen. Der Kleinste, nach Kacka stinkend, krabbelte wie ein Äffchen über Küchenboden aus grobem Zement, führte, was das neugierige Händchen aufpulte, zum Mund, Lippen so schorfig wie verbrannte Streichholzköpfe. Vom Lautsprecher eines Lastwagens plärrte Reklame für Sanitärreiniger, Desinfektionsmittel, Seife, Spülmittel, *Alles zum halben Preis, kommen Sie, staunen Sie!* der Tumult der mit nackten Oberkörpern an der Ladefläche herumturnenden Kinder, die Hysterie dreckstarrender Hunde wirbelte den Nachmittag auf, der sich erschrocken in den Abgrund der Dämmerung stürzte.

Ihr Körper knickte ein, die obere Zahnreihe sprang aus dem welken Mund und verschwand hüpfend im Gestrüpp unter der Wäscheleine, heißer Urin rann zwischen ihren Beinen hervor, die Frau fing sich ungelenk, klammerte sich an den Bambus, an dem die Leine befestigt war, wirr die vorzeitig ergrauten Haare, taumelnd, nagende Ratten in den Gedärmen, Brechreiz, *Lieber tot, Sterbe ich?* Die Tochter stieß das kleine Holztörchen auf, rostige Scharniere, sprang der Mutter bei, ohne zu wissen *Was tun?, Gott? Was tun?*, **Mutter, wie geht es dir?**

Als der Schwiegersohn kam, fand er den Teller warmgestellt auf einem Topf mit siedendem Wasser, auf kleiner Flamme, die Lichter aus. An der Mauer zwischen den beiden Grundstücken rief er **Regina! Regina!**, kehrte ärgerlich um, ging durch die Vordertür, die nur angelehnt war, ins Haus, alle Türen offen, die Wände der Stube bunt zuckend vom Fernseherlicht, leer. **Haallo!**, Klatschen. **Dona Paula? Regina?** Ins Zimmer hinein, im Bett die Schwiegermutter verkrampft, leise wimmernd, ununterbrochen, seine Frau am Kopfende stehend, die Lippen des Babys an der prallen Brust, Verzweiflung in den Augen funkelnd, **Schatz, es geht ihr immer schlechter,** flüsterte sie, **Was sollen wir tun, Schatz? Wo sind Wilton und Naira? Bei Dona América ... Sie können da essen ... Wenn's sein muss, auch übernachten ... hat sie gesagt ... Einfach nur hinbringen.**

Kleider? Sie hatte so viele gewaschen. Die feinen der Leute aus der Rua do Comércio, Praça da Estação, Avenida, Ärzte, Anwälte, Richter, ja, Richter, erinnerst du dich?, Doktor Maurício!, gut, ernst, behandelte die Menschen wie seinesgleichen ... Gute Hosen, Wolle, Leinen, Gabardine, Popeline, Tergal ... Aber auch traurige Kleider für die Damen von der Insel, Pailletten, Glasperlen, Spitzen ... Und Chiffon, das Denim der Armen ... Wie viel Stoff ihre faltigen Hände wohl schon gewrungen hatten, weiß und in Farbe, Sonntagsstaat, Alltagskluft, Unterwäsche, Ausgehsachen. Wer würde sich darum kümmern? Fünfzig Jahre! Sie erkannte die Bündel schon am Geruch. Und Stunde um Stunde weniger Kraft für Höschen,

Unterhosen, ein Paar Socken, Moder leckt schon am Waschbrett am Zuber ... Eine Orange, eine Orange drückt von hinten gegen die Lungen. Die Dummköpfe, sie hat doch das Röntgenbild gesehen, das Flüstern gehört, »Es ist ernst«, sie denken, ich weiß nicht ... die Krankheit ... glauben, ich ahne nichts ... das Ende ... spürt es kommen, schon auf den Fersen ...

Auf das Rufen des Ehemanns hin steht sie auf und verliert die Beherrschung, **Mutter, ich habe es dir gesagt ... du hörst einfach nicht ... stur! Würdest du auf uns hören, dich schonen ... Aber nein ... Immer unterwegs, hin und her ... immer arbeiten!** und hastet gehetzt, das Baby schreit, durch die Zimmer, stolpert gegen die wenigen Möbel, **ich habe das alles so satt! Satt!**, und der Mann, hinter ihr her, fuchtelt mit den Armen, **Bleibt immer alles an uns hängen, natürlich, Regina. Wo ist Ângela? Und Ivair? Und Rosana. Ist denen alles egal ... Unser Problem, Regina, ist, dass wir ein Herz haben ... Ariana ... Hör bloß auf mit der ... Verdammt! Nicht ein Mal hat sie angerufen, um nach Mutter zu fragen ... Mein Gott, warum immer ich?, warum?**

Zuletzt ausgestreckt auf dem Sofa, gelbes Nappa, die bleiche Stirn kalt vor Schweiß, unter einem geblümten Batistlaken, den Rücken zur Straße, nur Haut und Knochen, schwarze Höhlen um die angstvollen Augen, das träge Tick-Tack im Ohr, das den Morgen in Richtung Nachmittag schiebt, Richtung Abend, Richtung Nacht, das zögerliche Dahintropfen der Stunden, der Fernseher vermengt Satzfetzen aus der Vergangenheit, die Kugel aus schwammigem Fleisch zwischen Lunge und Rippen nimmt ihr den Atem, gemahnt an die bevorstehende Ankunft des Unerwünschten, die Zeit verrinnt, ihre Abhängigkeit ärgert sie, vor allem von Regina, so viele Sorgen!, Kinder, Mann, Zimmer aufräumen, Tisch decken, und dann noch ... dann noch ... noch ein Haushalt ... den Staub von den Möbeln wischen, Holz ölen, bohnern, Spinnweben wegmachen, Schüsseln auswaschen, sie eine ... Invalide! ... Ein Krüppel! Den Tod zieht sie diesem Leben vor. Sogar beim Waschen benötigt sie Hilfe! Einen Stuhl unter der Dusche, zu schwach!, Wasser rinnt ihre eingefallenen Seiten entlang, kein Antrieb, auch nur nach der Seife zu greifen, Shampoo, Schwamm, kein Licht unter der Dusche, aus Scham, nackt vor der Tochter zu sein, vor der Nachbarin, der Bekannten, nicht einmal ihr Mann hatte sie nackt gesehen, wenn es hell war ... Das war nun aus ihr geworden, ein Übel ... zerstörender Schmerz ... Lust zu. Und dann kam Besuch, sicheres Zeichen, dass Er schon ums Haus schlich. Denn früher, wenn Besuch kam, Nachbarn, Verwandte, die Leute, kamen sie sonntags zum Essen, das sich hinzog, bis sich die Nacht über die Straßenlaternen legte. Bier, Cachaça, Wein, Likör, immer dieselben, die laut waren, scherzten, lästerten, gackerten, hahaha, und der Tag verflog schnell Richtung Montag. Oder sie kamen an Geburtstagen, Weihnachten, Neujahr, wenn sie sich im Stimmengewirr in der Küche verschanzte, Familiengeplapper, Klappbetten und Matratzen auf dem knapp werdenden Fußboden ausbreitete, die Brut hinten im Hof, Glück im Überfluss. Doch nein, nun kamen sie unsicher. Schweigend, wie in der Kirche, gurrten unter den Dachziegeln, die Kinder kein Wort, sonst Hausarrest, Ohrläppchenziehen, ein Klaps auf den Hintern, die Mädchen den Bauch raus, die Burschen die Kappe im Nacken, alle so freundlich, sie liegt im Sterben, ach je, Flüstern zwischen den Wänden, hilfsbereit, Gott stehe uns bei, wühlen in Schränken, *Ja ist das die Möglichkeit!*, wie Krimskrams im Gerümpel einer Dahergelaufenen, *Sterben, ja wirklich,* die Sorgenfalten in den Gesichtern derer, die mit Kaffeetasse-und-Frühstückskeks eindringlich plauderten, **Weißt du noch damals, dieses Jahr wird der Regen, Dona Américas Hund, ja, der Mischling, der, Haben Sie Rafael gesehen?, ich glaube, am Ende wird er mit der,** *ja, im Sterben.* Sagten sie nicht, mussten sie aber auch nicht. Dieses **Ach je!, wie abgemagert!**, dieses **Jesus!, wie bleich!**, dieses **Allmächtiger Gott!,** schwang mit im feinen Haar dieses Windstoßes, der durch das Fenster hereinwehte, Gardinen, Handtücher und Kleider umarmte. Sie sagten es nicht, doch ihre braunen Augen im Spiegel erschraken vor dem, was sie sahen, die trockene Haut, aufgedunsen, ausgemergelt, verbraucht, *Gott, was geschieht mit mir?* Und klaubte Gebete nach oben, von weit hinten aus ihrer Kindheit, wieder ganz neu, *Padre nostro che sei nei cieli, sia santificato il tuo nome ... Credo in Dio, Padre onnipotente, creator del cielo e della terra* ... und tauchte ein, todesdurstig, in die Verzweiflung des Abendlichts, Schritte auf der Straße, Gesprächsfetzen, Essensgeruch, die Töpfe müssen auf den Herd, aber ... wozu, für wen, es war doch niemand mehr da ... der Mann schon seit fünf Jahren tot, Hirnschlag, der Arme, noch so jung, keine Spur mehr von ihm, die Kinder waren gekommen, hatten alles aufgeräumt, abgeräumt, sie sollte nicht leiden, seine Kleider, seine Sachen – so wenig, fast nichts, eine Armbanduhr von Mondaine, 18 Rubis, eine Tissot Taschenuhr, die sich nicht mehr aufziehen ließ, ein Messerchen, Andenken an jene Zeit, in der er noch selbst Tabak von der Rolle klein hackte auf dem Feld, was er bleiben ließ, seit sie nach Cataguases gezogen waren, da hatte er nur noch Continental ohne Filter geraucht, aber sein Messerchen hatte er nie weggegeben, sein Katzenkastriermesser, wie er sagte, wenn er es stolz der Kinderschar präsentierte, es dann wieder in die Lederhülle zurückschob, den Perlmuttgriff stets sichtbar, hinten im Hosenbund, alles hatten sie mitgenommen, sogar die Schuhe, die wenigen Bilder, fünf oder sechs in Schwarz-Weiß, zwei Ferngläser, ein Wandbild, handgemalt, fast ein anderer Mann, wären da nicht die Details, der ovale Fleck über dem Sofa, die an sein Fehlen erinnerten, die Lücke, die Leere, sie wollten doch nicht, dass sie leidet, das fehlte gerade noch!, als wäre das möglich, morgens, im Kleiderschrank, leere Kleiderbügel wie Vogelscheuchen, Pantoffeln, die einsam über den grünlichen, glatten Zement schlurften, wo ist seine Stimme?, im Wohnzimmer nicht über die winzigen Buchstaben der Bibel gebeugt, auch nicht in der Küche mit dem Achatmuster der Kaffeetasse in der rechten Hand, Tabakreste an der Linken, aus dem Augenwinkel die Zeiger des Batterieradios belauernd, auch nicht in den Zimmern, die früher »den Kindern« gehörten und nicht hinter dem Haus, festgetretene Furchen bearbeitend, lächerliches Blattgemüse und bisschen anderes Grünzeug, nicht einmal mehr das, ach mein Gott!, in ihrer Ecke, nachts an der Wand, über die Federmatratze streichend, einundfünfzig Jahre!, im Wasserglas das Gebiss, dickes Kissen gegen die Atemnot, von jetzt auf gleich einsam und Angst, dass es ihr einmal schlecht gehen könnte, niemanden zu haben, der hilft, ja, die Kleine nebenan, aber die zählt nicht, hat eigene Sorgen, ihre Ehe läuft schlecht, der Ehemann faul und ein Schwächling. Ângela ist in São Paulo, Rosana auch, Ariana in wo war das noch mal?, der Kopf, ach!, wie heißt das noch mal?, hat nicht einmal angerufen, ach Gott!, ob sie weiß, wie es ihr geht, dass sie gehen muss?, ihr fällt ein, wie sie den ersten Zahn verlor, *wirf ihn übers Dach, wünsch dir was,* Zahnlücke, *Mutter?!* Ariana, die Älteste, verantwortungslos, laut, streitsüchtig, ungehobelt, ein schlechtes Beispiel, man zeigte mit dem Finger auf sie, gemieden von den Klassenkameraden, in den Strudel der Laster gerissen, das Blut der Familie Bicio besudelnd, scheuchte die Schwestern in die Ferne São Paulos, setzte den Jungen der Schande aus, Ivair, Ivair, so viele Opfer, ihn auf die Schule zu schicken!, der Vater sich demütigend in Süßholzgeraspel *Hoch leben die Pratas!* auf Wahlkampfveranstaltungen, als Wahlhelfer, Auge-und-Ohr, Spitzel, Verräter, Schaumschläger, Herr Jeremias!, zitterten die Gegner, Herr Jeremias!, Respekt, Ehre, Aussicht auf ein Stipendium im Colégio de Cataguases, Ivair, Plappermäulchen, ein Hübscher!, die Haare zur Seite gescheitelt, so düüünn, so laaang, die Augen ganz wie der Großvater, wie lang ist das her?, Ângela und Rosana sagen, es geht ihm gut, mach dir keine Sorgen, aber nie sicher, durch eine Mauerritze verschwunden, *Pik, du kannst rauskommen!,* der Vater starr in seinem gebügelten blauen Anzug, sogar im-Himmel-im-Himmel-werde-ich-bei-meiner-Mutter-sein, dachte sie, dass nicht einmal in der Stunde des letzten Abschieds die Kapelle von Stimmen frei war, wo ist denn?, wo ist? und Wortfetzen »schade,-viel-Arbeit,-der-arme«, »Verpflichtungen ...«, »sogar-geweint,-wollte-so-gerne ...«, Knoten im Hals, wenn im Fernsehen das Weltende aufblitzt, übertrieben?, Sohn schießt auf Vater, Frau vergiftet Mann, Großvater missbraucht Enkelin, Polizist jagt eigenen Bruder als Verbrecher, Mann schläft mit Tochter, Lehrerin brennt mit Schüler durch, Hütten von Erdrutsch begraben, stinkende Gewässer, Feuersbrünste, Unfälle, Überfälle, Vergewaltigung, Mord, verirrte Geschosse, Unschuldige ohne Gedächtnis, Sünder ohne Erinnerung, Ivair, wo ist er jetzt? Unruhig, der Schlaf will nicht kommen, Dona Jandira kommt von der Messe, die Tür schleift *»Gloria! Gloria! Die Engel singen! / Gloria! Gloria! Die Harfen klingen!«*, gebeugte Stimme, Stille der Grillen und Hunde, kehrt um, schält Tabletten heraus, gibt Wasser in eine Tasse, trinkt es in großen Schlucken, Stille der Grillen und Hunde *»... für dich / In deinem Schmerz, seine Liebe / Lässt dich nie im Stich / Gott so«*, Tumult auf dem Dach (Katzen? Beutelratten? Eidechsen?) Gänsehaut, dürrer Wind treibt Schatten über die Wand, der Engel brüllt, Ohrenschmerz?, Kolik?, Hunger?, Gewohnheit?, ein Bäuerchen?, Kälte?, dann Ruhe, ein Karren, Pereira holt Wäsche ab, um diese Zeit? *»... Nacht ...«* ein Radio, *»Grüßen alle in ...«*, der Bus hält an, Gerüche lassen Übelkeit aufsteigen, sie zieht die Urinflasche heran, sabbert einen dicken Faden, er tropft auf das Laken, den Boden, zäher Schleim, ihr Magen mag nicht mehr essen, sie versucht etwas Salziges herunterzubekommen, es bleibt im Hals stecken, ruiniert ihren Kopf, Karussell vor den Augen, bitter im Mund, die Zunge belegt, gelbe Haut, elend, spuckt immerzu, auf den Knien zusammengekauert vor der Toilette, dann besser. Ivair ... Ângela, Rosana hatten Bescheid gesagt, Krankheit, haben sie gesagt, na ja, eben diese, so vage es ging, wollte ihn nicht belasten, der Arme, endlose Kopfschmerzen, er hatte ja nichts, glaubte sie, ob er trotzdem herkommen könnte? Gesichter, die an früher erinnerten, auslöschen, Namen, Schimpfworte streichen aus dem Archiv alter Tage ... aber nein, Dickschädel, zog sich zurück in seine Keller ... nicht einmal, als der Vater ... Regina hatte die Telefonzelle in Jardim Boa Vista angerufen, in São Paulo weiiiit weg, und gebeten, »Meire, bitte«, dann aufgelegt, und nach zehn Minuten war die Schwägerin dran. Das Schwein, hatte sie gesagt, der Verbrecher, gebrüllt, der Drecksack hatte sie schon wieder sitzen lassen mit drei Kindern, mein Gott!, drei Kinder ausgesetzt!, Senhor Jeremias gestorben?, Gott ist gerecht!, geschieht ihm recht, diesem Pack!, es hat sie doch nie interessiert, was für eine Familie!, und hatte den Hörer aufgeknallt, keine Zeit, den Verbleib des Bruders auch nur anzusprechen, sie hatte Ângela gebeten, dann Rosana, es noch einmal zu versuchen, sie sollten das nicht so ernst nehmen, weder die eine noch die andere, erinnerst du dich, als sie sich zwei Monate lang nicht einmal angeschaut haben?, verfeindet, und nie wieder das Bett teilten? Na also ... inzwischen ... lag sie im Sterben ... und zu wissen, der Junge würde nie wieder in ihren Armen, den Kopf an ihre Schulter geschmiegt, ihre mit Flecken gesprenkelten Hände in seinen gelockten Haaren ... *Warum, Ariana?*, warum? Eine gescheiterte Ehe, dann noch eine und noch eine ... Schicksal? Zöge sie an der Schnur, kämen aufgereiht andere Geschichten zum Vorschein. Catarina nahm Bestellungen auf für den Himmelschor, schien es, so viele Kinder trug sie zu Grabe; der Mann bot die Schwielen seiner armseligen Hände den Bauern rund um Rodeiro an, kein fester Ort, kauernd am Rand der Vergangenheit, sie immer mit Bauch, Krampfadern an Knöcheln und Schenkeln, er in der Kneipe, den Schmerz runterschlucken, sie ausgelaugt, wie ein in bitteren Blicken verschmorender Holzscheit, er nicht den Hauch einer Ahnung, in seine Einsamkeit eingepfercht, in Schweigen verharrend, die Zähne zusammengebissen, gefangen im Schlamm des Ver-

gangenen, Wahrheiten zwischen Barthaaren brummend, Moral, Sitte, alles Moderne ablehnend, alles, was er sich erträumt hatte, Kinder, Enkel, Stück Land, etwas Eigenes, aber nein, er musste ja eine heiraten, die keine Kinder bekommt, war Knecht wortkarger Herren, keinen Heller für einen Sonntagshut, die Kollekte, ein 26-Zoll-Fahrrad, Dünger, Kuhfladen, Scheiße, eine Scheiße! Maria, die Jüngste ist in Ubá, drei Kinder, eins mit paarundzwanzig gestorben im Suff; eine verheiratet und wieder getrennt, nach Rio de Janeiro gezogen, sagt man, ordentlich, anständig, sagen die einen, sie ginge anschaffen, sagen die anderen, sei in schlechte Gesellschaft geraten, Verbrecher, Rauschgifthändler, wer weiß; noch andere sagen: mit fünfzehn entjungfert, Tücher um die Hüften geschlungen, um den anschwellenden Leib und was sich drin regte schamvoll zu verbergen, habe sie die grünen Augen eines Ungeheuers zur Welt gebracht, mit langen Beinen und Armen, dürr und zerbrechlich, steif, Herzfehler, hervorspringende Stirn, die Haut soooo blau, ein Ding, Bündel, irgendwas, das, solange es atmete, zwischen Zuhause und Krankenhaus, Krankenhaus und Zuhause verbrachte, acht Jahre noch und so klug, dass es wehtat, »Werde ich sterben?« fragte er ein ums andere Mal, tröstete »Weine nicht, ich komme doch in den Himmel« die Großmutter, Haut und Knochen gebreitet auf deren Schoß. Und so alle, alle ... Virgílio, der sein Leben lang seine Frau unter der Fuchtel hielt, auch die Kinder, die »andere«, Prügel so selbstverständlich wie Essen und Trinken und Abführen, geschlagen mit eigenen Händen oder mit dem, was zur Hand war, ein Holz, Peitsche, Bambusstab, Gürtel, Striemen, Besenstiel, Quittenzweig, Ast, Salzwasser heilt das, erklärte er verächtlich, sie streckten schon nicht mehr die Nase heraus, blau und grün überall, eines Tages griffen ihn die Jungen, Mann gegen Mann, und warfen ihn raus,
(Mach das Fenster zu, langsam, damit sie nicht aufwacht)
der Streit wurde bitter, er fuchtelte mit der Pistole, räucherte die Straße mit Schwefeldampf ein, und wer sich nicht ver-

drücken konnte, stob erschrocken davon vor den Schüssen, so trunken war seine Hand. Franco war nicht gesellig. Heiratete in das Land einer Benvenutti ein, baute ein kleines Sägewerk auf, wurde fett und unfreundlich, nahm seine Kinder an die Kandare, »Schule, was für ein Blödsinn«, philosophierte er, hortete Geld und entfernte sich weiter von der Verwandtschaft, Haare auf den Zähnen, irgendwann beißen sie, sagte er. Alle wussten davon, denn Rodeiro war damals ein Kaff, ein Ort mit vier Straßen, hinter der Mauer, die das ausladende Dach einfriedete, erahnten sie Sonntagsfestessen, Stimmen und Besteck Stimmen und Feuerholz Stimmen und Gläser Stimmen, Stimmen, Stimmen, doch kein einziger Bicio, Familie!, wo?, Dov'è, la famiglia?, hatte der Patriarch sich gefragt. Franco war zu Höherem unterwegs, doch die Kinder verschluderten das Vermögen: Eins nach dem andern war den rechten Weg abwärts gestolpert. Nun waren sie fort, wie nach einer Seuche: Renatinho und Renan bestialisch beim Tanz in Diamante getötet; Selena bei einem Autounfall mit dem frisch angetrauten Ehemann in den Kurven von Santa Bárbara do Tugúrio Richtung Belorizonte hinunter; die Trauer hatte Franco gezeichnet. Es blieben Estela, die Frau, und die Tochter Selma, die sich in den Weiden der Benvenutti Richtung Bagagem einigelten, weit weg, wahnsinnig, Katzen, Hunde, Hühner und Schweine, die sich der Räume bemächtigten, Dreck, Gestank, Muff, zum Herzerweichen. Gegen Ende zeichnete sich Versöhnung ab, doch es trennten sie unüberwindbare Gräben der Verbitterung. Schließlich Chiara, gepflegte Nägel, Zöpfe in der Einsamkeit des herbstlichen Himmels, »Wir werden nie auseinandergehen«, siamesische Händchen, aufgeregt bei der Hochzeit, »Meine Schwester!, meine Schwester!, adieu!, meine Liebe adieu!«, als ahnte sie ihre Geschichte schon, wie sie vom Vieh Micheletto tief hinten in die Schlucht gesteckt werden würde auf dem Weg zwischen Rodeiro und der Serra da Onça, gefesselt an Nabelschnüre endloser Schwangerschaften, ausgemergelt in einem Zimmer mit von außen verrammelten Türen und Fenstern, abgeschnitten von der Familie, sogar des Tageslichts beraubt, bei jedem Ticken der Wanduhr aufschreckend, »Ich muss niemandem Rechenschaft ablegen«, »Ich muss nichts außer Essen ins Haus bringen, und das tue ich. Gott allein weiß, welche Mühe das macht«, »Kommt bloß nicht, um euch zu ärgern und es dann herumzuerzählen«, polterte er. Sie hatten versucht, sie zu überreden, »Wenn du willst«, doch sie, Augen in den Staub gebohrt, »Nein, es ist mein Schicksal, mein Kreuz, nur noch mehr Ärger gibt das«, und verkroch sich grau im Schatten des blattlauszerfressenen Obstgartens, der Orangenbäume, Zitronenbäume, Mandarinen, Tangerinen, Limonen, Zedernfrüchte, sah sich selbst in Trümmern, die Hochzeit und das Glück, das hätte kommen sollen, die Torheit ihrer vierzehn Jahre, und über dem Teppich aus verdorbenen Gerüchen, Schweinen und Hühnern, die sich um faules Obst balgten, entspann sich ihr Wahnsinn. Einundzwanzig Jahre später erst sollte sie nach Rodeiro zurückkehren, in Holz gekleidet, zur Totenmesse in der Kirche São Sebastião, steif, bleich, keine Spur mehr von früher. Familie ... Ehe ... Kinder ... Eine trügerische Muffhaut überzieht alle Geschichten wie Sporen, die wie beiläufig jede Hoffnung zerfressen ... so, schon im Vornherein ... einfach so, immer ... eine Verwünschung, ein Fluch, der bereits in Santos mit von Bord der Carlos R. ging, versteckt im Gewühle der Habseligkeiten in den Truhen der Bicio, der Furlaneto, deren Blut sich fünf Jahre später vermischen sollte, Giacintos drängende Melancholie, die hartnäckige Sehnsucht von Elisa, er zweiundzwanzig, sie fünfzehn. Das Ozeanmeer durchpflügend mit Flöhen, Kakerlaken, Läusen, Ratten, zerzausten Hühnern, die ihre Hälse aus Käfigen recken, Besitzer der unmöglichen Rückkehr, vom Danach keine Ahnung, die Knochen der Vorfahren begraben im Nimmermehr, die Körper untergepflügt, zerrissen jede Erinnerung an das Gesehene, Geschmeckte, an Gerüche, Berührtes, Gehörtes, den Brenta, das Paesello, die Dolomiten, die

Basilika des Heiligen, zum Märtyrer gewordene Geschichte in fremden, verschwitzten Sonnenaufgängen, gewöhnliche Erde unter den Füßen, Hütten, die sich die Berge hinaufschaffen in verlorenen Steppen, Blattschneiderameisen, Wiederentdeckungen. Und da erscheint riesig die
(Deck sie ganz vorsichtig zu ... sonst wacht sie noch auf ... So ...)
Hölle, nicht die aus dem Katechismus, wo Flammen Verdammte peinigen, Sünder mit dem Dreizack gequält werden und Schreie verspäteter Reue gellen, sondern eine andere, inszeniert in dem hinter dichten Bambusgestrüpp gestrandeten Haus, wo Erosion und Ameisenstraßen zusammenfließen, winzig von oben von der Weide aus gesehen und herrisch vom knorrigen Fußboden aus. Der Vater, von dessen Schultern eine riesige Traurigkeit hing, Widrigkeiten so viele, die ihm auf den Magen schlugen, als er aus Mitleid auch noch die Schwägerin ins Haus holte, Luigia, jung verwitwet, fast noch ein Mädchen, und damit zerstörte, was er hatte erhalten wollen, so klagte die Frau, nichts als Eifersucht, zu viel Beachtung für die Schwester, murrte sie und die Tage verwelkten, ohne zu essen und ohne zu sprechen, ohne einen anderen Wunsch als zu sterben, und der Vater, beißende Hitze am Mageneingang, wurde krank, verkümmerte, verdorrte, gab schließlich auf, an einem Mittwoch, vierter August, unmöglich zu vergessen, im Karren, die Augen entsetzt von dem Schmerz, wie jetzt ihrer, das Nachthemd über dem brennenden Bauch, Flammen, die auch ihn verschlangen, ihn, der nicht hustete, so wie sie nicht hustet, der nicht jammerte, wie sie nicht jammert, still und einsam und reuig verschwand, doch da wusste sie noch nicht, dass sie ihn zum letzten Mal sah,
Papa!
die Stirn in Falten, **Was siehst du**?
Papa!
und er brüllte, was selten geschah, zurückhaltend, wie er war, ruhig, gelassen und sich nur aufregte, wenn sich Besuch an-

kündigte, nicht irgendeiner, sondern der feiner Leute, der Pater, Politiker, der besser gestellten Verwandtschaft; den Armen, Habenichtsen, Schwarzen, Hausierern, Kometen behielt er die Treppenstufen vor, einen Becher mit Wasser, seine Ungeduld; den anderen den Pomp, Ferkel von hinter dem Haus, Lämmer, Kälber, die große Weinflasche, Süßspeisen, die gute Stube, in der Ecke sitzend und an seiner Strohzigarette nuckelnd aus Rollentabak aus Tocantins,

Papa!

im Krankenhaus Santa Isabel in Ubá öffneten sie ihm notfallmäßig den Bauch, operierten nicht einmal mehr;

Elende!, Elende!

»Sie sind«

der große Mann, gut aussehend, aufrecht, den sie so gern reden hörte, wie Marmor auf der Steinplatte ausgestreckt

»Dona Paula?«

auf dem Friedhof von Rodeiro begraben, wo die anderen Toten leben, und bald

Warum nur, mein Gott?

auch sie sein würde.

»Dona Paula?«

Voller Angst griff sie im Aufstehen die Stimme bei den Haaren und schlug ihr die Fingernägel in Hals und Rücken, verteilte schreiend ziellose Tritte und Bisse, bis sie in einem Krampfanfall bäuchlings auf den kalten Zement stürzte.

Wassermann

... socorri quanti sono provati dalla malatia,
dalla sofferenza e dalla solitudine ...

Cataguases, 5:16 h

Carlos drückte die Kippe mit seinem Turnschuh aus, schloss den Kofferraum ab, ging um das Auto herum, richtete sich auf dem Fahrersitz ein, schlug die Tür zu und drehte den Zündschlüssel. »Los geht's«, sagte er, nahm den Fuß von der Bremse und trat das Gaspedal durch. »Gott behüte dich«, sagte die Mutter.

Die Scheinwerfer entblößten den Streifen Juli, der sich noch im vergehenden Morgengrauen versteckt hielt.

Mutter ist ... nicht mehr viel übrig ...

Er überholt einen Bus, vollgestopft mit Arbeitern.

... Ganz schön verschrumpelt, ihre hellbraunen Haare hat das Alter noch nicht angegriffen. Aber im Gesicht, Spuren. Das Gebiss tanzt auf dem Zahnfleisch. Die runzelige Haut, müde Augen, kleiner erscheint sie nun und voll Angst, Angst vor der langen Reise, Angst ...

»Früher waren mehr Fahrräder auf der Straße, findest du nicht, Mutter?«

»Schon.«

»Ich kann mich erinnern, dass es um diese Zeit wie eine Invasion war ... Richtig schön anzusehen ...«

(»Lilinho, wach auf. Wach auf, Junge, du kommst noch zu spät ...« Die Hand meiner Mutter, die mein Gesicht streichelte, weckte mich, eine grobe Hand, rau, in deren Kratern immer ein paar meiner Haare hängen blieben.

»Wach auf, Lilinho, wach auf.«

Wir waren vier Kinder. Fernando, der Älteste, gelernter Dreher, ausgebildet im Berufsbildungszentrum, arbeitete in der Werkstatt der Textilfabrik. Norma war Weberin in der Textilfabrik. Ich versuchte, in die Fußstapfen von Fernando zu treten. Nélson, das Nesthäkchen, bildete mein Vater aus ...

Das war ihm wichtig: Alle Kinder hatten eine Ausbildung. Er schämte sich nur noch für meine Mutter, die nicht lesen und schreiben konnte, und für sich selbst, der gerade einmal die Grundschule besucht hatte. »Ich gebe ihnen, was ich nicht bekommen habe«, sagte er stolz.

Inzwischen ist er tot.

Fernando ist tot.

Wie wir alle, gewissermaßen, ich, meine Mutter, Norma, Nélson. Alle.)

Das Auto rast durch Vila Minalda, zu schnell, brummt sie, »Warum rast du so, Junge?«

Carlos steckt sich eine Zigarette an.

»Hast du den Kofferraum abgeschlossen?«

»Habe ich, Mutter.«

»Und hast du die Küchentür abgeschlossen?«

»Hmhm.«

(Vorgestern haben wir Vater beerdigt. Jede Menge Leute auf dem Friedhof. Er war beliebt. Hatte die Kirchfeste mit aufgebaut, stellte die Stadt auf den Kopf auf der Jagd nach Kleiderspenden oder für die Hilfsaktionen der São-Vicente-de-Paula-Gesellschaft. Gelegentlich als Wahlkampfhelfer unterwegs hetzte er sich für ein paar elende und zweifelhafte Stimmen ab.

Ich bekam das Telegramm in der Firma in São Bernardo do Campo. Es war keine Überraschung. Es musste passieren, irgendwann. Ich nahm eine Woche Urlaub, ging kurz in der Pension vorbei, warf ein paar Sachen in den Kofferraum und fuhr dann zehn Stunden am Stück, um pünktlich zu kommen und noch zu sehen, wie er starr da lag, unbequem in einer zweitklassigen Kiste. Ihm ist es nun gleich. Wie damals Fernando. Wie irgendwann einmal mir. Gleich.)

(Carlos erwachte am Morgen nach der Beerdigung von einem Lichtstrahl, der sich aus der Küche direkt über sein Gesicht ausbreitete. Er rieb sich die Augen, stand auf, schlüpfte in ein Paar Pantoffeln und sah seine Mutter zusammengesunken auf einem Stuhl neben dem Gasherd sitzen, die Ellenbogen auf dem Tisch, die Stirn in der linken Hand, derart entrückt hörte sie seine Schritte nicht.

»Mutter ...«

»Junge, habe ich dich geweckt?«, fragte sie erschrocken.

»Nein, Mutter, ich wollte sowieso gerade aufstehen ... Was tust du hier?«

»Setz dich, Carlinho, ich koche uns Kaffee ...«

»Mach dir keine Umstände, Mutter ...«

»Sind keine Umstände ... Ist frisches Maisbrot da, ist noch übrig von der ...« Sie wollte »Beerdigung« sagen, ein Kloß im Hals, Tränen brachen aus ihr heraus.

»Entschuldige, Junge, aber ...«

Carlos umarmte sie, *Wie lange*

Als er sie wieder wegschob, sagte er aufmunternd:

»Ich habe eine Idee, Mutter: Wir fahren morgen nach Guarapari!«

»Guarapari?«

»Ja.«

»Aber ...«

»Kein aber. Abgemacht. Du kannst schon einmal packen ...«

»Aber Carlinho, mein Junge, wer ... Wer passt auf Rex auf, solange?«

»Mutter!«

»Das ist keine Ausrede, Junge. Er ist schon alt ... Wenn ich mich nicht um ihn kümmere, geht er ein, der Arme ...«

»In Ordnung ... Wir fragen Norma ...«

»Norma? Du kennst deine Schwester nicht, Carlinho ... Sie kümmert sich um keinen Hund, gar nicht dran zu denken ... Sie kümmert sich nicht einmal um ihre eigenen Kinder, Gott sei mir gnädig ...«

»Ich rede mit ihr, Mutter, lass mal ... Jetzt lass uns Kaffee trinken, mein Magen knurrt schon ...«)

(Rubim turtelte mit Norma auf dem Sofa im Wohnzimmer, Pfefferminzbonbon im Mundwinkel, Nélson als Aufpasser. Witzig, heiter, ein »Scherzbold«, wie Vater sagte, immer um unsere Zuneigung bemüht, Süßigkeiten für mich und Nélson, eine Brosche für meine Mutter, neue Griffe für Fernandos Fahrrad, einen Nagelknipser für meinen Vater. »Er will sich beliebt machen.«

Eines Samstags um die Mittagsstunde parkte er den blauen Lastwagen, mit dem er Möbel nach Bahia transportierte, hupte laut, sprang aus dem Fahrerhaus und rief: »Los, los, wir fahren zum Strand!« Kam mit erhitztem Gesicht ins Haus, hatte wohl schon das eine oder andere getrunken, umarmte meinen Vater überschwänglich, sah meine Mutter an und sagte: »Dona Nica, wir fahren zum Strand, Sie, die Kinder, wir alle.« – »Zum Strand?«, fragte Muter reichlich verwundert. »Marataízes!« – »Wann?«, fragte mein Vater ungläubig. »Jetzt sofort, herrje! Sie fahren doch mit, Dona Nica? Sie erlauben es doch, Senhor Adalberto?« Irritiert drückte mein Vater sich an die Zementmauer. Wir Kinder pflückten aufgeregt unsere Kleider von der Wäscheleine, schlossen die Fenster, packten unsere Sachen zusammen. In den Tumult hinein sagte Vater: »Von mir aus ...«, doch niemand hörte ihm zu. Die Nachbarschaft lief zusammen, »Geht schon. Steig hinten auf, es ist Platz für alle.« Mein Vater rief noch, »Ich bleibe hier und passe auf alles auf, Leute!«, und schon schmolz der heiße Asphalt unter unserer Freude dahin.

Nie wieder habe ich meine Mutter so glücklich gesehen.

Mein Vater war noch ein Jahr lang sauer auf sie.)

Leopoldina, 5:37 h

Carlos steckte sich eine Zigarette an.

»Mutter, erinnerst du dich an Rubim?«

»Rubim?«

»Ja ... der Freund von Norma damals ... Der uns nach Marataízes gefahren hat ...«

»Ach ja, ich erinnere mich ...«

»Und er?«

»Hab ihn nie mehr gesehen ...«

»Nein?«

»Dein Vater hätte gewusst, wo er abgeblieben ist ... Er war ja viel unterwegs ... Dein Vater.«

»Geht das schon wieder los, Mutter?«

»Du hast kein Herz, Carlinho ...«

»Habe ich schon ... Aber ... Es reicht auch mal ...«

»Ich weiß nicht, nach wem du kommst, Carlinho ... So anders ... seltsam ...«

»Wer weiß, vielleicht bin ich ja ein Findelkind ...«

»Hör doch auf damit ... Das ist nicht lustig!«

Omnibusse hintereinandergedrängt fahren schnell die Rio-Bahia hinunter.

Wohin fahren die?
Wohin fahren die?
Fahren nach Rio.
Fahren nach São Paulo.
Kommen nie mehr zurück. Nie mehr.

»Mutter ... Warst du glücklich ... mit meinem Vater?«

Mir kam es vor, als schliefe sie. Den Kopf leicht nach vorne geneigt, den Mund halb offen, die Augen geschlossen in tiefen Höhlen, langsame Atmung. Plötzlich straffte sich ihr Hals und ihr Blick verlor sich in der Landschaft, die nach und nach die Sonne erahnen ließ,

einen Zaun, weiß gestrichene Zaunpfähle
schläfrige Rinder stampfen über die Weide
ein Junge in der Hocke hinter einem strohgedeckten Häuschen in der Ferne
ein Kuckuck balanciert auf einem Baumstrunk
weißer Rauch aus einem Schornstein
ein Fußgänger

»Was für eine Frage, mein Junge«, sagte sie ungehalten. Natürlich war ich glücklich. Ein guter Mann, dein Vater ... Ja, er hatte nicht nur gute Seiten ... das stimmt ... Macken ... Aber ... wer hat die nicht?«

(Ich hielt mir die Ohren mit beiden Händen zu, legte mir das Kissen über den Kopf, versteckte mich unter der Decke, doch ich hörte sie immer noch schreien. Ich stand auf, und da war schon Fernando, starr an der Wand zwischen den beiden Zimmern. »Los, Fernando, wir trennen die beiden«, doch mein Bruder blieb starr, wie hypnotisiert von der Situation. Norma, die auf dem Sofa schlief, brüllte, brüllte, in dem irren Wunsch, den Lärm zu übertönen. Da nahm ich Nélson an der Hand, nahm ihn in den Arm und flüsterte ihm zu, was mir gerade in den Kopf kam, damit er aufhörte zu weinen.

Am Morgen danach versuchte meine Mutter, ihr geschwollenes Gesicht zu verbergen, die blauen Flecke an den Beinen, den geschundenen Körper. »Ich bin gegen die Tür gestoßen«. »Ich bin gegen den Tisch gestoßen«. »Das kommt vom Wäschewaschen ... Die Kälte, das kommt davon«.

Eines Nachts kam ich von der Straße, stellte mein Fahrrad auf der Terrasse ab und ging leise zu Bett. Alle schnarchten, nur mein Vater nicht, der noch in der Stadt unterwegs war. Ich war gerade eingenickt, als ich erschrocken hochfuhr, von Brüllen geweckt. Ich sprang aus dem Bett, murmelte mit zusammengebissenen Zähnen, »Es reicht!«, öffnete die Tür zu ihrem Zimmer, zerrte meinen Vater von meiner Mutter herunter, schaute ihm in seine aufgerissenen Augen und sagte: »Schlag mich doch, Arschloch!«. Meine Mutter brüllte, »Nein, um Gottes Willen, Carlinho, du bringst deinem Vater vor Kummer noch um.« Und ich weiter: »Los, Missgeburt, schlag mich!« Mein Vater sagte: »Du Stück Scheiße, kaum den Windeln entwachsen, jetzt wirst du mal sehen, wie das ist«, und stürzte sich auf mich mit dem Gürtel in der Hand. Als er in meiner Reichweite war, gab ich ihm einen Fausthieb, der ihn direkt auf die Stirn traf. Er stürzte um sich schlagend zu Boden und tat so, als hätte er einen Anfall. »Ai, Nica, der Junge bringt mich noch um! Ai, Nica, mein Herz! Ich sterbe!« Verzweifelt ging meine Mutter in die Hocke, nahm ihn in die Arme und sagte: »Siehst du, was du angerichtet hast? Mein

Gott, ruf den Notarzt! Mein Gott, ruf den Notarzt!« Ich griff eine Papiertüte, packte ein paar Sachen hinein, steckte mir etwas Geld in die Tasche und ging bis zum Abzweig nach Leopoldina, um nach São Paulo zu trampen.)

Meine Mutter hat nie verwunden, dass ich mich gegen meinen Vater aufgelehnt habe, nicht über seine Unwissenheit hinwegsah, seine Heuchelei, seine Lügen, nicht hinnehmen wollte, wie sehr wir alle Komplizen seines verkorksten Lebens waren, seines wohlfeilen Mitgefühls, seiner amorphen Moral. Er hat mir nie verziehen, dass ich mit der Familie gebrochen habe, der Mittelmäßigkeit entkommen wollte und mich weigerte, mit dem zufrieden zu sein, was man mir zugestand. Für ihn hätte ich dableiben sollen, unter seinen Fittichen, für immer, wie meine Geschwister, die Füße unter seinem Tisch, zusammengekauert unter dem Schatten jener Tragödie, die uns alle krank machte.

»Und du, Carlinho ... Hast alles liegen gelassen und bist fortgegangen ... Hast du es geschafft? ... glücklich zu werden?«

Carlos steckt sich eine Zigarette an.

»Hast du es geschafft?«

»Glücklich zu sein? Auf meine Art ... Glaube schon ...«

»Welche Art?«

»Meine Art ...«

(In São Paulo kaufte ich eine Zeitung, setzte mich auf eine Bank und begann, die Kleinanzeigen zu studieren. Ich nahm einen Zug, stieg in Santo André aus und fand bald Arbeit bei einem Autozulieferer. Wohnte eine ganze Zeit lang in einer Pension in der Rua da Estação.)

Laranjal, 6:30 h

»Wärst du bloß nicht so stur ... Hättest du doch die Vânia geheiratet ...«

»Vânia?«

»Ja, nachdem du weg warst, kam sie fast jeden Tag zu uns nach Hause, nach der Fabrik. Pünktlich um zwei machte ich schon frischen Kaffee, Maiskuchen. Sie zog sich einen Stuhl neben den Waschplatz, und während ich Wäsche auswrang, redete sie. Und weinte, die Arme, weinte herzzerreißend. Sie kam nie darüber hinweg, was du ihr angetan hast. ...«

»Angetan? Ich habe gar nichts getan, Mutter ...«

»Sie dachte, du würdest zurückkommen und um ihre Hand anhalten ...«

»Das hat sie sich ausgedacht. Ich habe ihr nie etwas versprochen ... Außerdem war sie bereits verheiratet, als ich zurückkam, hatte Kinder und alles ...«

»Und das war gut so ... Ihr Mann ist Geschäftsmann, Getränke, glaube ich ... Weiß nicht ... Sie hat drei Kinder, wohnt in einem riesigen Haus in der Stadt, hat ein Auto ... Sieht gut aus ... Noch besser als früher ... War sogar schon mit Bild in der Zeitung ...«

»Siehst du ... Hätte sie mich geheiratet, wäre sie jetzt unglücklich ...«

»Sie konnte nicht ihr Leben lang auf dich warten, Carlinho ...«

»Wenn sie mich wirklich geliebt hätte ...«

»Niemand wartet ein Leben lang ...«

(Tante Assunta rief mich ins Zimmer, streckte die Arme aus, sagte, »Schau dich mal um unter den Sachen hier ... Schau mal, ob du irgendwas davon haben willst ... Du interessierst dich doch für altes Zeug ...«

Sie war am Packen, um fortzuziehen. Sie wollte nicht bleiben, nachdem Onkel Orlando ermordet worden war. Erinnerungen peinigten sie jede Nacht.

Auf dem Boden ein Haufen Krimskrams: zwei schwere englische Porzellanteller aus der Zeit meiner Großeltern, angestoßen vom Gebrauch, Dutzende Heiligenfiguren, portugiesische und italienische, ein Bild des Heiligen Antonius von Padua, ein leeres Nähkästchen, eine kleine Truhe, ein vernickeltes Feuerzeug, ein Bügeleisen, eine Porzellanschüssel, ein Spirituskocher, ein kaputter Kleiderständer, eine zerdrückte Hutschachtel, ein Dolch, ein Porträt, handkoloriert: eingezwängt in einen schwarzen Anzug, mit Brillantine gebändigte Haare, üppiger Schnurrbart, grüne, traurige Augen.

Tante Assunta drehte sich um: »Das kommt alles weg ... Nimm alles mit, was du möchtest, nimm ...« Ich wischte den Staub weg, der sich auf dem Rahmen gesammelt hatte und fragte: »Wer ist das, Tante?«

Nervös und mit geröteten Wangen sagte sie: »Nur das nicht, Lilinho, nur das nicht ...«, nahm mir das Bild weg und schob es zwischen einen Stapel Bettlaken, Kissen und Decken, die sorgsam gefaltet in einem Kleiderschrank lagen. »Nur das nicht ...«)

(Ângelo Chiesa stieg neben dem Tor ab, atmete tief ein, schob es auf und zog langsam das Pferd hinter sich her. Es war ein heißer, sonniger Nachmittag, Februarsamstag, und er schwitzte in seinem schwarzen Anzug. Als er zum Schuppen kam, sah er einen Jungen, der auf einem herumstehenden Ochsenkarren spielte, »Junge, ruf deinen Vater. Sag ihm, Ângelo Chiesa ist hier, um mit ihm zu sprechen.« Der Straßenstaub hatte sich auf seine neuen Schuhe gelegt, in denen seine geschundenen Füße schmerzten. Auf dem Vorplatz vor dem Haus umzingelten ihn die Finetto-Burschen. »Was machst du denn hier, Ângelo?« – »Ich muss was mit eurem Vater besprechen.« – »Du kannst gleich mit uns sprechen.« – »Nein ... Das muss unter Männern besprochen werden ... Mit Senhor Beppo.« Der Alte kam die Treppe herunter, seine hellbraunen Augen zusammengekniffen, und sagte, »Für einen Chiesa bist du recht mutig. Was willst du?« Ângelo schaute zum Tabakstrauch herüber, holte tief Luft, für einen Rückzieher war es zu spät,
im Schweinestall grunzten die Sauen,
der Wind raschelte im Eukalyptus
ein Papagei leuchtet blau in seiner schäbigen Ecke)

Carlos steckt sich eine Zigarette an.

»Aber ... Mutter ... Ângelo ... Hat Ângelo nicht sein Leben lang auf dich gewartet?«

Sie rückte sich auf dem Beifahrersitz zurecht, presste ihre Hände aneinander, ihre Miene verfinsterte sich.

»Wer? Von wem sprichst du?«

»Ângelo. Ângelo Chiesa.«

»Nein ... das kann nicht sein! Halt an, Carlinho!, Halt an, ich will aussteigen! Sofort!«

»Beruhige dich, Mutter ...«

»Halt an! Tu, was ich sage! Das geht nicht! Dein Vater hatte recht, als er sagte, dass Gott sich merken muss, dass du anderen nichts als Kummer machst ... Du hast kein Herz ... Du bist böse ... Wie kann man so böse sein, mein Gott? Wie nur? Macht es dir Spaß, andere zu quälen? Tut es das? Ich erkenne meinen Sohn, meinen eigenen Sohn nicht mehr wieder! Du solltest wenigstens Achtung haben vor dem Andenken an deinen Vater, der noch nicht einmal ganz kalt ist ... Wenigstens das ... Warum machst du mir das Leben so schwer, Junge? Du hast keinen Respekt, vor niemandem ... Noch nie ... Ich weiß nicht, wer schuld ist ... Wahrscheinlich ich selbst, hab dich nie richtig erzogen ... Aber ich habe getan, was ich konnte ... Gott in der Höhe ist mein Zeuge ... Das habe ich nicht verdient von dir ... Das habe ich nicht verdient.«

Muriaé, 6:47 h

Langsam beruhigte sich meine Mutter. Immerhin weinte sie nicht mehr. Ihre trockenen Hände umklammerten den Türgriff. Ihre Augen sondierten die Landschaft, die in umgekehrter Richtung vorbeizog. Ich bog auf den unbefestigten Vorplatz einer Tankstelle ab, parkte den Wagen und sagte: »Ich muss zur Toilette ... Wenn du ein Wasser trinken willst ... einen Kaffee ...« Ich blieb lange auf der Toilette. Als ich wiederkam, saß sie nicht mehr im Auto. Ich schaute mich um.

Nichts. Ich steckte mir eine Zigarette an. *Was tun?* Ich streckte die Arme und Beine und wartete, dann gab ich es auf. Ich ging zum Tresen und bestellte einen Kaffee, eine Schachtel Zigaretten, setzte mich dann an ein Tischchen gleich neben dem Eingang. Als ich mein Glas auf der Tischplatte abstellte, sah ich sie. Sie stand wie schlafwandelnd neben der Tanksäule, dahinter das schrille Pfeifen der Lastwagen, die über die Landstraße bretterten. Schüchtern schlich ich mich zu ihr, drückte die Zigarette mit meinem Turnschuh aus und sagte: »Mutter, möchtest du ein Wasser? Kaffee?«

»Ich muss bis heute an ihn denken ...«

Ihre Stimme klingt resigniert

»Mutter ...«

»Ich war fünfzehn Jahre alt, sechzehn fast ... Er zwanzig ... Wir haben uns nicht ein einziges Mal an der Hand gefasst ... Nur mit den Augen ... Eine zufällige Begegnung bei Assunta ... Nichts ... Aber wir waren verliebt! Wenn ich Tabak brechen ging ... Ich konnte nur noch an ihn denken. Ich dachte an ihn beim Mittagessen ... beim Abendessen ... vor dem Zubettgehen ... wenn ich aufwachte ... in der Kirche ... mitten auf der Weide ... Eines Tages sagte er, er wolle um meine Hand anhalten, und wenn mein Vater nicht zustimme, wolle er niemand anderen mehr heiraten ... Papa war ein guter Mann, aber dickköpfig ... Er hatte so seine Vorbehalte gegen die Chiesa ... Er hat ihn vom Grundstück vertrieben ... Er ging nach Rio de Janeiro ... Ich habe ihn nie wieder gesehen ... Nie wieder ... Mein Gott, habe ich gelitten!, was habe ich gelitten!«

»Aber Mutter ... hat er ... hat er sein Versprechen gehalten? Hat er nie geheiratet?«

Meine Mutter biss sich auf die Unterlippe, wischte mit dem Handrücken ihre Tränen weg:

»Sechs Monate nachdem er nach Rio gegangen war, zog er die Sachen an, die er anhatte, als er um meine Hand anhalten wollte, ließ ein Foto machen und schickte es an Assunta, sie sollte es für mich aufbewahren ... und ...«

»Und ...«

»Er ...«

»Was geschah dann, Mutter?«

»Er ... mein Gott! Er ... hat sich ... er hat sich vor einen Zug geworfen ... Mein Gott! Mein Liebster! Mein Geliebter!«

Eugenópolis, 7:47 h

(Meine Ehe hielt zwei Jahre, vier Monate und sechsundzwanzig Tage.

Senhor Domingos, mein Chef in der Autoteilefabrik in Santo André, war ein anständiger Spanier. Wie ein Diktator zu seinen Untergebenen in der Fabrik, draußen wie ein Vater. Er feierte gern und gab ausgedehnte Churrascos bei sich zu Hause in Vila Homero Thon, wochenends. Feste, die Samstagvormittag schon begannen und bis Sonntagfrüh gingen. Er lud mich immer ein, wollte mich mit seinen Freunden bekannt machen, mit seiner Stadt, aber ich drückte mich. Wollte mich nicht befreunden, wollte alleine sein. Wenn ich frei hatte, nahm ich den Zug und verschwand nach São Paulo, streifte ziellos umher, Praça da Sé, Praça da República, Viaduto do Chá, Viaduto Santa Ifigênia, Vale do Anhangabaú, Brás, Ipiranga-Museum, Zoo, Avenida Paulista.

Eines Morgens willigte ich ein, Senhor Domingos zuliebe. Er hatte fünf Kinder: Drei Burschen arbeiteten bei Ford und wohnten in São Bernardo do Campo; eine war mit einem Luftwaffenoffizier verheiratet in São José dos Campos, die andere Tochter noch ledig, Mariana, eine feurige Spanierin, war gerade mit der Ausbildung fertig und unterrichtete an einer Grundschule in der Gegend.

Und Senhor Domingos beschloss, dass ich ihr Ehemann werden sollte. Ermunterte uns, zusammen auszugehen (»Es gibt da einen Vergnügungspark ...« »Warum nutzt ihr nicht den schönen Nachmittag und ...« »Da soll eine Bar aufgemacht haben ...

nicht weit von hier ...« »Mariana, geh doch mit Carlos mal nach Paranapiacaba ...« »Carlos, die Mariana ist noch nie U-Bahn gefahren ...«) Lobte mich vor ihr über den Klee, schwärmte vor mir von ihr, erzählte von einem Grundstück in Parque João Ramalho, der Mitgift der Tochter ...

Ich hatte gar nicht die Absicht, Mariana zu heiraten, aber Senhor Domingos war so gut, so nett, so einnehmend ... ich wollte ihn nicht enttäuschen ...

Ein Jahr lang waren wir verlobt, kauften Aussteuer und zogen ein Häuschen hoch.

Senhor Domingos bestand darauf, dass wir in der Igreja do Carmo die Ringe tauschten, der wichtigsten Kirche der Stadt. Er war ganz aufgeregt. Bestellte Dutzende und Aberdutzende Blumen, einen Chor, kaufte einen neuen Anzug für sich und für Dona Matilde ein langes Kleid und ein Paar Schuhe mit hohen Absätzen. Nur, dass kein einziger meiner Verwandten aus Minas kam wunderte ihn, doch er verstand, als ich sagte, meine Eltern seien gestorben und meine einzige Schwester, die Ärmste, habe es mit dem Rücken und könne nicht reisen. Halb tot sei sie, ein Jammer.

Ich wollte mich meiner Geschichte entledigen. Die Wände meiner Erinnerung niederreißen und meine Gegenwart auf neue Sockel stellen. Wie dumm! Schon die ersten Monate mit Mariana genügten, um zu begreifen, dass nichts übrig bleiben würde danach.

Mariana war lebensfroh, ehrgeizig, entschlossen, verbissen. Sie wollte die Welt erobern, während ich darauf wartete, dass der Tag immer gleich verging.

Sie kam nach dem Vater: Bewirtete gern Verwandte und Freunde, das Haus war immer voller Leute, ihre Meinungen brauchten Publikum. Und von mir wollte sie Leben, Mut, Biss, Kraft, Willenskraft.

»Lass uns nächsten Monat eine Stereoanlage kaufen.«

»Lass uns den Küchenfußboden machen.«

»Es muss genau dieser Kinderwagen sein.«

»Er wird Domingos Herrera Neto heißen, wenn es ein Junge wird, und wenn es ein Mädchen wird, Rosália, so hieß meine Großmutter.«

»Dieses Wochenende leih dir eine Hacke aus und mach das Gestrüpp hinterm Haus weg.«

Tag für Tag sah sie in mir immer mehr ein Ärgernis. Mariana brauchte jemanden an ihrer Seite, der das Leben als Unternehmung begriff, und nicht einen, der wie ich jedes Mal überrascht war zu spüren, dass sein Herz noch schlug.

Eines Sonntags, nach einem dieser nicht enden wollenden Grillfeste bei Senhor Domingos, erwachte ich, schaute Mariana an, die so jung war und so hübsch, und beschloss, ihr eine zweite Chance zu geben. War es richtig, dass sie die besten Jahre ihrer Jugend an meine komplette Unfähigkeit verschwendete? Wäre es nicht besser für sie, könnte sie es noch einmal versuchen?, einen idealen Partner finden, der sie verstand, der seine Finger mit ihren verschränkte und, wer weiß, gemeinsam mit ihr einen Schutz gegen alle Unbilden baute ... Und ich? Was machte ich da?, verloren in Santo André, Dreizimmer mit Küche und Bad, kleines Gärtchen hinter dem Haus? Würde der Junge, der ruhig in seiner Wiege schlief, in mir seinen Vater erkennen? Würde er an mir bewundern, was seine Mutter an mir hasste?

Mariana in eine Decke gewickelt in den Armen von Dona Matilde kurz nach der Geburt.

Mariana auf dem Bauch, das noch zahnlose Zahnfleisch.

Mariana bei ihrer Taufe.

Mariana mit Schnuller neben einem Dreirad.

Mariana als Zigeunerin. Als arabische Tänzerin.

Als Inderin. Mariana.

Mariana bei der Erstkommunion. Mariana als Engel.

Mariana auf dem Fahrrad.

Mariana in Bikini vor einem Wasserfall.

Mariana mit Vater und Mutter, den drei Brüdern und der Schwester beim Grillen hinter dem Haus in der Vila Homero Thon.

Mariana beim Tanz.

Mariana in Guarujá. In Paranapiacaba. In der Gondel zum Zuckerhut in Rio de Janeiro.

Mariana und Carlos werden vom Pfarrer gesegnet.

Mariana schwanger.

Mariana mit Domingos Herrera Neto auf dem Schoß.

Mariana.

Ich stand auf, nahm den Zug und die Nacht erschrak sich vor mir betrunken zusammengesunken auf einem Tisch einer Bar in der Avenida Rio Branco, São Paulo.)

»Und dein Sohn?«

»Wie bitte?«

Itaperuna, 8:35 h

»Domingos? Heißt er nicht Domingos?«

»Ja, Domingos.«

»Wie alt wird er sein?«

»Neun, nein zehn!«

»Hast du ihn nie wieder gesehen?«

»Nein.«

»Und ... Bereust du es nicht manchmal?«

»Bereuen?«

»Warum hast du nie nach ihm gesucht, nach deiner Frau?«

»Wozu denn? Damit sie sagt, Domingos, das ist dein Vater, und er mich misstrauisch mustert und mich bittet zu erklären, warum genau ich ihn verlassen habe, ihn, seine Mutter ... Nein ... Vielleicht besser so ...«

»Mochtest du sie?«

»Weiß nicht ... Ich glaube schon ... Weiß nicht ...«

»War sie hübsch?«

»Eine Spanierin, wunderschön! Wenn sie ihre Haare zu einem Pferdeschwanz zusammenband ... Ihr Hals war so ... so ...«

»Warum hast du dich dann von ihr getrennt?«

Carlos steckt sich eine Zigarette an.

»Das würdest du nicht verstehen, Mutter ...«

»Du sollst keine Geheimnisse vor deiner Mutter haben, Carlinho!«

»Also ... im Grunde, im Grunde ... Ich hatte Angst, Mutter ... richtig Angst ... so zu enden ... wie du und Vater ... und das wollte ich nicht, Mutter ... Mariana ... Mariana hat das nicht verdient ...«

Nica brummte, sagte, sie habe Hunger, ob sie nicht anhalten könnten und etwas essen, irgendwas. Carlos hielt an einer Tankstelle an, ließ volltanken, sie gingen in die Raststätte, er bestellte zwei Gläser Milchkaffee und zwei Toast.

Bom Jesus de Itabapoana, 9:32 h

(Ich spielte gerade Toto, als Fernando in die Kaschemme gestürzt kam, mich an den Haaren riss, mich auf den Bürgersteig zerrte, mir einen Tritt in den Hintern gab und eine Ohrfeige. »Das ist kein Ort für anständige Leute!«, schimpfte mein Vater. »Das ist was für Huren und Tagediebe!«, brüllte er und hieß gut, was mein Bruder getan hatte.

Und ging am Zahltag zu den Damen auf der Insel. Und klopfte Karten was das Zeug hielt in Vila Reis. Und ließ sich Samstag für Samstag zulaufen, an Sonntagen und Feiertagen. Und fasste den Mädchen in der Fabrik zwischen die Beine.

Fernando war wie mein Vater: hilfsbereit. Leiter einer Jugendgruppe. Laienprediger. Helfer beim Aufbau der Neubauviertel. Am Tag der Heiligen Cosmas und Damian verteilte er Tütchen mit Bonbons an die Kinder. Sammelte Geschenke für die Armen zu Weihnachten. Organisierte Fußballturniere für die Kinder im Viertel.

Und trank heimlich. Und spielte Billard um Geld in der Elite-Bar. Und starrte auf Normas Minirock. Und legte sich mit jedem an, mit dem sie schäkerte an der Praça Rui Barbosa. Und zerriss die Bilder der Filmstars, die sie sammelte. Und schlug sie.

Fernando überholte den Bus, der gerade Fahrgäste zusteigen ließ, und knallte gegen einen MB-1924-Sattelschlepper des Straßenverkehrsamts.

Die Spiegel seines roten Monark-Fahrrades zerschellten am Bordstein.

Fernando war vierundzwanzig Jahre alt,
wollte bald heiraten,
hatte sogar schon die Papiere beim Standesamt.
Eine Familie war alles, was wir nicht waren.)

Bom Jesus do Norte, 9:35 h

Carlos steckt sich eine Zigarette an.

»Mutter, erinnerst du dich an diese Torte aus Löffelbiskuit?«

»Ja ...«

»Nachdem Fernando gestorben war, hast du nie wieder eine gemacht. ...«

»Ich wollte nicht mehr ...«

»Aber Mutter, Fernando war doch nicht dein einziger Sohn ...«

»Aber er war immer ganz versessen darauf ...«

»Weißt du das Rezept noch?«

»Weiß nicht ...«

»Wenn wir zurück sind, machst du mir dann eine?«

(einmal schlug papa gegen die tür des schuppens weil als wir geheiratet haben adalberto und ich hatten wir nichts wo wir wohnen konnten also hat papa gesagt dass er uns den schuppen gibt dass wir vor regen und sonne geschützt sind und da ist fernando geboren in trockenem stroh nachts ich blieb wach um die ratten zu verscheuchen die ratten hätten den kleinen beißen können einmal schlug papa gegen die tür früh am morgen der adalberto war gerade aufs feld rausgegangen und papa sagte in seinem schlechten portugiesisch tochter ich bin gekommen um mich zu verabschieden weil du meine lieblingstochter bist und mich verstehst verabschieden? ja ich gehe weg nica ich ertrage die launen deiner mutter nicht mehr hast du schon wieder mit mutter gestritten? diese launen immer ich sah papa auf sein pferd steigen die augen rot richtung rodeiro galoppieren ich musste weinen ging ins haus und da war mutter und backte ganz ruhig einen kuchen mama ist papa weg? und sie auf italienisch er ist nur in die stadt einkaufen er ist zurück wenn die kleinen ihren maisbrei-mit-milch kriegen papa kam stieg vom pferd ab mit gesenktem kopf schaute mich verlegen an und ging stiefelschlurfend in die wohnstube papa mochte mich er war streng ließ mich nicht zur schule gehen brauchst du nicht nica zum arbeiten musst mit der hacke umgehen können und nicht mit stiften aber ich musste sein geld zählen und aufbewahren er kam zu mir wenn er traurig war oder eine wichtige entscheidung zu treffen hatte meine hochzeit war die einzige zu der er ein feuerwerk machte)

»Weißt du, dass ich mich noch ganz genau an Großmutter erinnere, Mutter?«

»Tatsächlich?«

»Als wäre es heute.«

»Aber du warst noch so klein, als sie starb ...«

»Nicht so sehr, Mutter ... ich war zehn, elf Jahre alt ... Nach dem Aufstehen kämmte sie sich ewig lang die Haare, um einen Knoten zu machen ...«

»Das weißt du noch?«

»Ich weiß auch, dass sie nur schwarze Kleider trug. War das Trauer?«

»Weiß nicht ... Soweit ich mich erinnere, hat sie nur schwarz getragen ...«

»Konnte sie überhaupt kein Portugiesisch, Mutter?«

»Kein Wort, die Arme ... Hat es nie gelernt ... Kein einziges Wort ...«

»Kannst du Italienisch?«

»Ach je, alles vergessen ...«

»Aber du konntest es ...«

»Als Kind ...«

»Kannst du gar nichts mehr?«

»Nur Beten ...«

»Die Gebete kannst du noch?«

»Kann ich ... O Dio, Padre Buono e misericordioso ...«

»Die arme Großmutter ... An was ist sie gestoben?«

»Einsamkeit.«

»Einsamkeit? Niemand stirbt an Einsamkeit, Mutter ...«

»Sie schon. Nachdem sie die Reste ihres Landes verkauft hatten, zog sie von Haus zu Haus. Auch bei uns wohnte sie ein Jahr ... Aber sie konnte sich mit niemandem unterhalten. Niemand sprach mehr Italienisch. Die Kinder hatten keine Lust mehr, sich zu erinnern ... Ihre Enkel äfften sie nach ... Ewig lang sagte sie gar nichts mehr. Und dann begann sie zu vertrocknen, vertrocknen ... Eines Tages lag sie verwelkt mit dem Gesicht nach unten auf ihrem Bett ...

Apiacá, 9:48 h

(Jahre später, Fernando gab es da schon nicht mehr, stieg ich am Busbahnhof Luz in den Bus nach Leopoldina, nahm dort den nächsten Bus nach Cataguases und kam gegen acht Uhr früh zu Hause an. Ohne anzuklopfen ging ich durch die Küchentür, mein Vater sah mich, drehte mir den Rücken zu und brüllte: »Nica, dein Sohn aus São Paulo ist da.« Ich stellte meine Sachen auf den roten Fußboden im Wohnzimmer, setzte mich auf einen Sessel, riss mir die Schuhe von den Füßen. Meine Mutter kam, stopfte sich ihre Haare unter das Kopftuch und hatte noch einen Staubwedel in der Hand, »Mein Junge, nach so langer Zeit!

Wann bist du angekommen? Du wirst müde sein ... Willst du was essen?« Ich stand auf und drückte ihre Hand. »Wie geht's, Mutter?« – »Alles in Ordnung, mein Junge, und wie ist São Paulo?« – »Gott sei dank, alles in Ordnung.« Ich öffnete meine Tasche. »Ich habe ein paar Kleinigkeiten mitgebracht ...« – »Das wäre doch nicht nötig gewesen.« Ich brachte einen Mini-Fernseher zum Vorschein, eine Postkartenansicht von Aparecida do Norte im Hintergrund, davor das winzige Abbild unserer Heiligen Jungfrau, gab es ihr und sagte: »Das hat auch ein Licht ... man muss es nur in die Steckdose stecken ...« Sie nahm das Geschenk und stellte es in die Vitrine. »Und Nelson, Mutter? Ich habe ihm einen Wimpel von Palmeiras mitgebracht. Ist er noch Fan von Palmeiras?« Meine Mutter zog ihre Mundwinkel nach unten. »Und Norma?« – »Norma? Du wirst sie nicht wiedererkennen, mein Junge ...« – »Warum?« – »Sie ist ... so ... so ... verändert ... Sie hat sich verändert ...« – »Sie ist eine Nutte geworden«, sagte mein Vater und ging aus dem Raum. »Adalberto!« – »Ja, Nutte, stimmt das etwa nicht? Die ganze Stadt redet über sie ... Nutte, Nutte!« Ich nahm eine Weinflasche, sorgsam in gelbes Cellophan eingeschlagen, und sagte: »Das ist für dich, Papa.« Er sah mich verächtlich an und sagte: »Kannst du dir in den Arsch stecken, du Drecksack!« und verschwand durch die Tür.)

»Mutter, glaubst du, Norma ist glücklich?«

»Norma?«

»Ja.«

»Stell dir doch einmal vor ... Das Leben, das sie führt ...«

»Ich habe sie vorgestern gesehen ... auf der Beerdigung ... gut gekleidet ... jünger ...«

»Sie zieht den Namen unserer Familie in den Schmutz ...«

»Namen, welchen Namen denn, Mutter? Finetto? Silva? Seit wann haben wir einen Namen, Mutter?«

»Die Finettos sind gute Leute ...«

»Gute Leute? Die ganze Stadt wusste, dass eine Finetto von einem Silva verprügelt wurde ...«

»Carlinho!«

»Stimmt es etwa nicht? Die Nachbarn wussten Bescheid, deine Familie wusste es, seine Familie wusste es ... Alle ...«

»Das ist feige, Carlinho! Deiner eigenen Mutter das anzutun ...«

»Entschuldige, Mutter ... Wir sprachen gerade über Norma ... Ich bewundere sie ...«

»Du bewunderst sie? Dafür, dass sie mit verheirateten Männern geht? Familienvätern?«

»Sie hat sich nicht angepasst ...«

»Im Moment ist sie die Geliebte eines Arztes ... Die ganze Stadt redet darüber ...«

»Aber sie wirkt glücklich ...«

»Sie war noch nie vernünftig ...«

»Und ihr Mann?«

»Der ist noch schlimmer ...«

»Weiß er nicht Bescheid?«

»Nur wenn er blind wäre ... und taub ... Er ist ein Dummkopf ... Wie lange geht dieses Mädchen schon fremd! Wie viele Jahre!«

»Aber zumindest scheint sie jetzt jemanden gefunden zu haben, der sie mag ...«

»Der sie mag? Von wegen mögen ... Wenn er sie mag, warum verlässt er dann nicht seine Familie und zieht mit ihr zusammen? Weißt du, warum? Weil er sie eigentlich nur ausnutzen will ...«

Cachoeiro de Itapemirim, 11:19 h

Wir hielten an einer Churrascaria. Meine Mutter musste auf die Toilette. Ich trank eine Flasche Mineralwasser mit Kohlensäure, gab einen Schuss Cognac in eine Kaffeetasse, steckte mir eine Zigarette an und streckte Arme und Beine aus.

(Norma, schon immer hübsch, »Sie kommt nach mir. Mir als ich jung war wie aus dem Gesicht geschnitten«, heiratete mit sechzehn Jahren, weniger, weil sie Alfredo, den Vorarbeiter in der Fabrik, geliebt hätte, als vielmehr, um den Ausbrüchen meines Vaters zu entkommen, den autoritären Anwandlungen Fernandos, den Intrigen meiner Mutter. Weniger als zwei Jahre brauchte sie, um sich zu verloben, zu heiraten und in ein Haus in Ibrahim zu ziehen.

Alfredo war Mittelstürmer des »Operário«, systematisch, still, redete nie über Dinge, von denen er nichts verstand, mischte sich nie irgendwo ungefragt ein.

Norma war ehrgeizig. Nachdem sie geheiratet hatte und trotz dreier Kinder, die sie zu erziehen hatte, machte sie eine Ausbildung zur Sekretärin im Berufsbildungswerk und ging dann bei einem Arzt arbeiten. Sie ließ sich mit ihm ein, seine Frau kam dahinter, machte einen Skandal, die ganze Stadt zeigte mit dem Finger auf sie. Eine Zeit lang zog sie daraufhin von Praxis zu Praxis, bis sie einen neuen Arzt fand, der sie einstellte, ein Mann von hohem Ansehen und mit Geld, und sich mit ihr einließ. Diesmal scherte sie sich nicht um das Geschwätz der Leute, bewegte sich stolz durch die Straßen, weil sie wusste, sie strahlte Macht aus, konnte über Wohl oder Wehe entscheiden.

Alfredo war stolz auf seine erfolgreiche Frau. Die Gerüchte, die man ihm zutrug, schob er auf den Neid, denn alle anderen aus Normas Truppe waren über den Webstühlen der Textilfabrik alt geworden, langweilten sich im Hinterzimmer irgendwelcher Kramläden oder warteten ewig mit dem Essen auf ihre Ehemänner.)

»Und du, Carlinho, hast du nie wieder heiraten wollen?«

Carlos steckt sich eine Zigarette an.

»Nein Mutter ... das kostet zu viele Nerven ...«

»Und in dieser ganzen Zeit ... Hat dir nie wieder eine gefallen?«

»Mir?«

»Warum rauchst du so viel, Carlinho?«

Iconha, 12:04 h

(Ich arbeitete nachts bei einem Autozulieferer in São Bernardo do Campo und erledigte nachmittags meine Sachen. Eines Tages betrat ich eine Filiale der Bradesco-Bank, um ein paar Rechnungen zu bezahlen, und starrte in zwei schwarze Augen genau vor mir.

Meine Beine wurden schwach, Schweiß brach aus. Stotternd fragte ich, »Wann haben Sie Feierabend?« Überrascht antworteten die schwarzen Augen. Es war kalt. Ich lief auf und ab auf dem Bürgersteig, rieb meine Hände aneinander, ob sie wohl stehen bleibt, um mit mir zu reden?, ob ich sie richtig verstanden habe? Sie kam und ich scherzte, »Auf die Minute pünktlich«, sie erwiderte forsch, »lädst du mich auf einen Kaffee ein?«

Wir trafen uns monatelang, montags bis freitags. Tranken eine Tasse Kaffee im Stehen in einer Bar neben der Bankfiliale, redeten über was eigentlich?, über was?, lachten, ich begleitete sie noch zur Bushaltestelle, bis der Bus aus dem Straßenverkehr auftauchte. Und betete zu Gott, dass der nächste Tag kommen möge und ich diesen Wahnsinn, der mich quälte und umbrachte, in den Griff bekäme.

Manchmal, während ich auf das Ende der Nachtschicht wartete, fragte ich mich, ob das alles nicht nur Einbildung war, ob all dies wirklich geschah. Dann ging ich sofort morgens früh in die Bank, suchte nach den schwarzen Augen, nur um zu sehen, ob sie wirklich existierte, dass sie Wirklichkeit war.

»Heute darfst du mich auf einen zweiten Kaffee einladen«, sagte sie. Für mich klang es wie ein Versprechen, wir würden endlich zusammen ausgehen, ins Kino, in eine Bar, spazieren gehen, uns irgendwo hinsetzen, ein Eis essen, die Zeit nicht im Blick, gar nichts ...

Sie trank ihre zweite Tasse aus und sagte dann mit belegter Stimme, »Carlos, noch nie ist mir jemand begegnet, der ... so wunderbar ist, in meinem ganzen Leben ...« Doch der finstere Ton ihrer Stimme ließ mich erschauern. »Ich ... ich kann nicht mehr ... Carlos, ich ... Bevor es zu spät ist ... Du musst mich vergessen ...« – »Vergessen? Aber ... Aber ... Ich verstehe nicht ... Warum? Ist es was Ernstes? Wir können doch ...« – »Carlos, bitte ... Wenn du mich liebst ... stelle keine Fragen ... Nichts ... Nur ... Versprich mir ... dass ... dass du mich vergisst...« – »Ich ... ich ... kann das nicht ... Es geht nicht ... Das ist unmöglich ... Das wäre Wahnsinn!«

»Carlos, für mich ...«

Am Tag darauf war sie nicht auf der Arbeit. Ich ging in die Bank, wartete, bis der Filialleiter einen Kunden abgefertigt hatte und fragte nach seiner Mitarbeiterin, Patrícia, sie wollte etwas für mich überprüfen. »Sie ist nicht mehr bei der Bank.« – »Nicht mehr bei der Bank? Wie das?« – »Sie arbeitet nicht mehr hier. Kann ich Ihnen behilflich sein?« – »Haben Sie keine Adresse? Telefonnummer? Nichts?«

die ich nie in den Arm nehmen konnte
ist immer an meiner Seite
flüstert immer noch in mein Ohr
schaut mit ihren schwarzen Augen in meine Augen
und mein Körper brennt im Feuer ihrer Abwesenheit)

Guarapari, 13:13 h

Carlos steckt sich eine Zigarette an. Die Mutter neben ihm schläft.

(Nélson ist aus dem Tritt geraten, lebt von Gelegenheitsarbeiten. Bauhelfer in Belo Horizonte; Straßenverkäufer in Rio de Janeiro; Goldsucher in Mato Grosso; Hausmeister in Belo Horizonte; Portier in São Paulo; arbeitslos in Brasília; Einpacker an der Supermarktkasse in Rio de Janeiro; Bauhelfer in Juiz de Fora; Tankwart in Governador Valadares. Er bleibt nie lange bei einer Arbeit. Kommt immer, so schnell es geht, nach Cataguases zurück, in die verständnisvollen Arme meiner Mutter. Er, seine Frau, die drei Kinder.)

Carlos parkt auf dem Bürgersteig von Areia Preta. Steigt aus, schaut auf das aufgewühlte Meer hinaus, den leeren Strand. Es weht ein eisiger Wind.

Die Mutter wacht auf, stellt sich neben ihm. Sonnenstrahlen tauchen in das blaue Wasser.

»Eine lange Nacht ... die nicht vorbeigehen will ... gar nicht ...«

Sühne

Ritual

Der Junge wachte erschrocken auf. Wo war er? Benommen wogte das Zimmer durch unendliche Weiten. Im trägen Morgen leuchtete ein Lichtstrahl durch Ritzen im vermoderten Holz der Fensterläden auf winzige umhertreibende Staubkörner. Er rieb sich die Augen und schaute hinauf an die Decke aus roten Ziegeln, die krummen Sparren, den First, die unverputzte Wand. Dann versuchte er, die Geräusche aus dem Garten zu entschlüsseln. Hühner scharrten unbekümmert am Boden. Ein riesiges Schwein durchwühlte den Trog in seinem stinkenden Verschlag. Ein Hund streckte sich im Schatten der Bananenstauden. Ein Volksmusikduo plärrte im Radio in der Nachbarschaft. Wo war er? Er setzte sich auf, schlüpfte mit den Zehen in ausgefranste Gummilatschen, und als er aufstehen wollte, entschlossen, alles auf die Reihe zu bekommen, kam der vergangene Tag wieder hoch. Ja, er erinnerte sich. Gestern war Sonntag gewesen. Schon morgens eine heftige Dezembersonne, und wie immer war der Vater schon früh in die Stadt entwischt mit Badeco im Pferdekarren. Die Mutter hatte sich mit verschlossenem Gesicht weinerlich in die Ecke verzogen. Er und seine Brüder hatten sich fertig gemacht für das Vergnügen am Ende des Tages. Aber etwas war schiefgegangen.

Um halb sechs waren Herr Maneco Linhares und Herr Rubens Justi über das Viehgitter am Eingang zum Grundstück gekommen, hatten in die Hände geklatscht. Hallo, jemand zu Hause?! Die Mutter war auf den Vorplatz getreten und hatte sich über die zerzausten Haare gestrichen. Die Kinder waren mitgekommen, neugierig am Rockzipfel. Schick sie zurück, hatte Maneco gesagt. Sie hatte sie ins Haus zurückgeschubst. Und dann geschrien, ein Schrei der Verzweiflung, des Schmerzes, ein hysterisches, ohrenbetäubendes Brüllen. Und war in Richtung Stadt verschwunden, wie eine Irre. Verunsichert wussten Maneco und Rubens nicht, ob sie der Frau beistehen oder bei den Kindern bleiben sollten, die überall auf dem Weg schrien.

Er hatte all dem schweigend zugesehen, in der Pflicht seiner dreizehn Jahre. Er war die Anfälle der Mutter gewohnt und die Ausfälle des Vaters. Also sammelte er die Kinder ein, schob sie, halb verständnisvoll, halb verärgert, in die Wohnstube zurück. Dann kauerte er sich in eine Ecke des Gartens unter den alten Avocadobaum und schaute zu, wie von überall her Gevatter und Gevatterinnen, Verwandte, Bekannte und auch Fremde herbeiströmten. Erst da kam ihm in den Sinn, dass diesmal etwas Schlimmeres geschehen sein musste als die übliche sonntägliche Sauferei. Und zum ersten Mal in seinem Leben spürte er eine seltsame Beklemmung, ein schlechtes Gefühl, den Wunsch, dass ... sein Vater ... nein, nein ... so etwas durfte er nicht denken ... das Ende des Leidens ... die Mutter. Die Nacht umschlang Bäume, die Tiere, die Weide, die Hügel in der Ferne. Er sah schlanke Schatten durch das Haus huschen, aber er wollte sich nicht unter die Leute mischen, wollte nicht hören ... nicht sprechen ... Er blieb dort, vergessen, bis eine Hand ihm still auf die Beine half, ihn zu einem Pferdekarren geleitete, heißer Atem sein Gesicht umspielte und er schließlich in ein Zimmer gesteckt wurde in einem Haus Richtung Diamante, wo er die Nacht verbracht hatte und nun plötzlich, erschrocken erwacht war.

Die Frau erschrak, als sie ihn da an der Küchentür lehnen sah. Sie griff nach der Kanne und gab dampfenden Kaffee in eine Achatschüssel, brach ein Stück Maisbrot ab und sagte, Nimm. Setz dich da hin und iss, Kind. Er schaute auf die Flamme, die am Eisen des Holzherdes züngelte. Was war mit Vater geschehen? Der Mann kam herein, aus dem Garten, die Stiefel voll Schlamm. In vier Stunden ist die Beerdigung, Nilza. Erst da sah er den Jungen. Er ist gestorben, sagte die Frau. Von wegen gestorben, erwiderte der Mann. Er wurde getötet. Ich hab immer gesagt, dass man Farbigen nicht trauen darf ... So ist es, sagte die Frau. Gestorben? Mein Vater? Es tut mir sehr leid, sagte die Frau, ehrlich bewegt. Das hat man davon ... Man tut alles für seine Leute, behandelt sie wie seinesgleichen ... Und dann ... dann so was ... eine Tragödie ... Und die Frau wiederholte, Ja ... *Warum hat der Badeco* ... War es Badeco? Ja, der Angestellte von euch ... dieser Schwarze, sagte der Mann. Schwarze sind heimtückisch, hab ich immer gesagt. Haben sie ihn gefunden?, fragte die Frau. Ach was! Der Schwarze ist doch mit dem Teufel im Bunde. Sie haben die ganze Nacht lang nach ihm gejagt ... Verschwunden ist er. In Luft aufgelöst. Die Frau sagte, setz dich da hin, Kind, trink Kaffee. Du hast einen langen Tag vor dir ... der Junge verschwand durch die Wohnzimmertür und nahm den Pfad Richtung Garten.

Seine Beine hielten erst inne, als er vor der São-Sebastião-Kirche stand. Betroffen dreinschauende Männer und jammernde Frauen und großgeprügelte Kinder und verliebte Burschen und herausgeputzte Mädchen, die Treppen hinauf und herunter. Onkel Antônio nahm ihn am Arm, sagte, Geh rein, geh deinen Vater zum letzten Mal sehen. Er zögerte, ließ sich dann aber mitnehmen. Drang ein in die stille Schwere des Kirchenschiffs, hielt die Luft an, aus Angst, all die Leute zu stören, die in langer Reihe die rote Absperrung entlang bis zum Sarg defilierten. Er fürchtete sich vor der Begegnung mit den winzigen blauen Augen, die unter den jungen Damen der Rua do Quiabo Entzücken hervorriefen, diesen blauen Augen, tiefblaues Wasser im Staubecken, und gleichzeitig Feuerfunken. Den blauen Augen, die einen zärtlich in ihren Bann ziehen und vor Hass erdrücken konnten. Als er die marmorne Nase sah mit den Wattebäuschen, stieg in ihm Ekel und Angst auf, seine Beine begannen zu zittern und rannten los, rempelten Bänke an, Leute, Fahrräder vor dem Laden, und wären in die Welt hinausgeprescht, Zé, he Zé, wart mal, wo willst du hin?, halt, warte, wäre er nicht von Orélio, seinem Cousin aufgehalten worden. Zé, komm mit, Tide und Donato warten auf uns, komm schon, los, komm mit mir.

Orélio nahm seinen Cousin in den Arm, nahm ihn mit, von der Reisschälmaschine bis zum Laden von Pivatto am

Platz hörten sie wie aus der Ferne das Flüstern, das sie säuselnd wie das Wasser im Bach hinter dem Grundstück erreichte. *Wie schrecklich, mein Gott! Wie. Der Ärmste, so jung noch. Ja, der da. Der Kleinste. Und jetzt?, was wird aus. Gott sei Dank hat Assunta einen Sohn, der sich um. Ich kann nicht begreifen, wie das hier vor allen Leuten, nein, das kann man nicht. Was wird denn aus dem Jungen, Heilige Maria, was? Gottseidank ist er stark wie der Vater! Der da, schau. Da ist er.*

Im Park umarmten ihn Leute, die er noch nie gesehen hatte. Und überall Onkel und Tanten väterlicherseits, Onkel und Tanten mütterlicherseits, Cousins, die er schon jahrelange nicht mehr gesehen hatte, Cousins, die er nicht einmal kannte, verheiratete Cousinen, verlobte Cousinen, unverheiratete Cousinen, junge Cousinen, Kinder. Taufpatinnen, Firmpaten, Kommunionspaten. Saufkumpane des Vaters, Freunde des Vaters aus Kindertagen, Geschäftsfreunde des Vaters. Orélio war immer dabei mit zerknirschtem Gesicht. Er war schon erwachsen, war im Wahlregister eingetragen und hatte einen Führerschein, in Volta Redonda gekauft; arbeitete in Ubá in einer Werkstatt und kam jedes Mal mit einem anderen Auto nach Rodeiro, einem VW-Bus, einem Käfer, einem Rural. Er rauchte und trank und parfümierte sich und erzählte gern, dass er für seinen Abschluss lernte. Im Laden gab er Cachaça aus, damit man geduldig und interessiert all die Schwänke anhörte, die er zum Besten gab. Und für all das verehrte ihn Zé. Und Zés Vater verehrte ihn. Und alle Mitglieder der Familie Spinelli nannten ihn ein Vorbild, dem es zu folgen gelte. *Orélio? Er wird es mal weit bringen ... Wirst sehen ...* »Pivatto ...«

»Orélio! Mein Beileid.«

»Der Zé.«

»Mein Beileid, Zé. Tut mir leid. Das mit deinem Vater ... Ein Riesenmist, das. Aber mach dir keine Sorgen, wenn wir den in die Finger kriegen ...«

»Ich hab dem Onkel immer gesagt: Onkel, du lässt dem Neger zu viel durchgehen. Als würde er zur Familie gehören ...

Und der Onkel, sooo ein Herz hatte er, sagte: Er gehört doch auch zur Familie. Ein schwarzer Spinelli! Und dann lachte er, der Arme. Ich hab immer wieder gesagt ... Und jetzt ... Wo sind Tide und Donato? Ach, da, Zé. Lass uns zu ihnen gehen.«

Tide und Donato saßen an einem Tisch, zwischen ihnen ein Liter gewöhnlichen Weins. Als sie Zé sahen, standen sie auf und umarmten ihn. Orélio und Zé setzten sich. Der Cousin sagte mit der Autorität eines Erwachsenen: Trink, Zé, das wird dir guttun, trink. Zé kippte das Glas in sich hinein, spürte das raue Brennen die Kehle entlang, sein Magen verkrampfte sich, sein Kopf wurde schwer, das Gesicht rot.

Tide ergriff das Wort:

»Orélio, ich hab mir gedacht ... Wenn die Polizei den Badeco schnappt, könnten wir doch ... könnten wir sie doch bitten, ihn laufen zu lassen ... und ... dann erledigen wir das ...«

Orélio zündete sich eine Zigarette an. Er hasste es, wenn einer eine gute Idee vor ihm hatte. Er nahm einen langen Zug, stieß dann den Rauch in die Luft und sagte:

»Das hatte ich mir auch schon überlegt. Nur, dass der Zé das erledigen wird.«

Der Junge legte die Stirn in Falten. Nein, das konnte er nicht tun. Er mochte Badeco. Er war mit ihm aufgewachsen, sie waren wie Brüder ... Badeco ...

»Badeco hat deinen Vater getötet. Umgebracht ohne Gnade ... Kein Gedanke an all das, was der Onkel für ihn getan hat ... Ohne den Onkel hätte er nicht einmal überlebt ... Wäre zu Geierfutter geworden ... Und was war der Dank dafür? Drecksneger! Das ist doch der Teufel! Nur weil der Onkel ihm eine Tracht Prügel verpasst hat, nur deshalb ... Der Onkel ... der Arme ...«

Tide erhob sich und sprach: »Ich geh zur Totenwache ...« Donato folgte ihm schweigend.

Tide war ungefähr gleich alt wie Orélio, neunzehn, zwanzig, wohnte auch in Ubá, arbeitete in einer Möbelfabrik und spielte in der Jugendmannschaft von Bandeirantes. Sein Traum war, den LKW-Führerschein zu machen, um einen dieser Trucks fahren zu können, die er beladen in Richtung der Landstraße Rio-Bahia fahren sah. Donato war älter als Zé, größer und noch dürrer als er.

»Ach Zé, ich wollte, das wäre alles nicht wahr ... Ich wollte, dass Onkel Orlando jetzt hier in der Tür stünde und sagte: Orélio, Porciúnculo, was ist denn hier los?, trinkt heimlich und gibt dem Onkel keinen aus? Wie ungezogen, Orélio! Aber ... er wird nicht ... wird nie mehr.«

Und ein salziges Rinnsal benetzte sein sonnenverbranntes Gesicht.

Der Junge versuchte, genauso zu leiden. Stellte sich vor, wenn er nach Hause zurückkäme, wäre das Zimmer, in dem der Vater alleine schlief, leer. Seine Stiefel achtlos in einer Ecke, das Messer, mit dem er Tabak schnitt, auf der Wäschetruhe, das nickelfarbene Feuerzeug ... Ob man ihn mit diesen Dingen beerdigte? Nein, es gelang ihm nicht, etwas zu empfinden. Und Badeco, der Arme. Wo er wohl jetzt war? Dann dachte er an die Mutter, die Schwestern, ob sie allein waren?, ob sie sehr traurig waren?, bei wem mochten sie untergekommen sein? Und Badeco? Wohin war er geflohen? Würden sie sich irgendwann wiedersehen? Und wenn die Polizei ihn einsperrte? Und?

Orélio kippte noch ein Glas hinunter, zündete sich noch eine Zigarette an, wurde nachdenklich, die Augen in unbekannten Buschpfaden verloren, der blaue Rauch kräuselte sich über ein Bild mit dem Heiligen Antonius von Padua, eingerahmt von der sonst kahlen Wand. Zé nutzte diese Entrückung seines Cousins und stahl sich auf die Straße hinaus. Streifte umher, bis er sich am Fuß des Kreuzes wiederfand, auf einer Anhöhe bot sich seinen vernebelten Augen der Blick über die ganze Stadt. Er strich mit dem Zeigefinger über den Sockel des Monuments, zementiert vom Paraffin von Generationen von Kerzen. Die Sonne brummte auf seinen unbedeckten Kopf und eine wohlige Schlaffheit überkam seinen Körper. Er erwachte erschrocken, als die Glocken die Totenmesse einläuteten. Langsam stieg er die zweihundertsieben Stufen herunter, auf das Geländer gestützt, die Beine versuchten, ihm nicht zu gehorchen. Verstört schob er sich unter die Menge, die durch den Garten schlendernd auf den Beginn der Beerdigung wartete.

Kurz darauf verklangen die Glocken, und er sah, wie die Mitglieder der Herz-Jesu-Kongregation sich mit roten Schleifen um den Hals an die Spitze des Trauerzuges mit den zwei riesigen Blumengebinden setzten. Dahinter kamen die vier Brüder des Vaters mit dem Sarg auf den Schultern, der in eine rote Fahne mit weißem Herz gewickelt war. Gleich dahinter ein Schwarm von Begleitern, der anwuchs, je mehr sich die Prozession dem Friedhof näherte. Die Geschäfte schlossen ihre Türen. Die Hunde bellten nicht, die Pferde wieherten nicht. Die Stadt verharrte im Nachmittag, der sich großzügig zu schweren Wolken hin öffnete.

Orélio fand seinen Cousin und trieb ihn über den Bürgersteig. Du bist verschwunden, he!, schimpfte er. Ja, sagte Zé. Alles klar, sagte Orélio, Ich verstehe ... Daneben das Rauschen. Halbe Sätze summten durch seine Ohren. Überhöhten die Verdienste des Vaters, *ein heiliger Mann ... Bevor er ging, heißt es, hat er dem Knecht noch vergeben ...* Sprachen über das Wetter, *wie's aussieht, wird es keine gute Ernte, Gevatter, Guter Regen droht nur ...* einige Frauen schluchzten haltlos und einige Männer kämpften mit ihren Tränen. Die Mutter war zu einer Bekannten gebracht worden, man hatte ihr Arznei gegeben zum Schlafen, die Ärmste war ganz neben sich. Die Schwestern hatte er noch nicht gesehen.

Einen Tag zuvor war der Vater am Morgen gegangen, wie jeden Sonntag, mit Badeco in Richtung Stadt. Vom Pferdekarren herunter hatte er noch zur Frau gesagt, Ich fahre zur Messe, bin bald zurück. Und war im Galopp davongeprescht. Alle wussten, dass er keineswegs in die Kirche ging, doch sie machten gute Miene, denn er war ein guter Mann, erfüllte seine Pflicht, war fleißig und hilfsbereit seinem Nächsten gegenüber. Stolz durchquerte der Vater die Straßen, hielt hier und da an, um zu quatschen oder sich einzumischen. Einmal war der Mutter, sie hatte mal wieder einen dicken Bauch, schlecht geworden, Hilfe, Muttergottes der Schmerzen!, sie hatte nach Zé gerufen, nimm das Fahrrad, hol den Vater, Ist er in der Messe, Mama?, Ach, welche Messe denn, Junge! Fahr in die Rua do Quiabo, da siehst du schon den Pferdekarren, ruf ihn, fahr schnell, mach! Es war jeden Sonntag dasselbe, der Vater fuhr zum Trinken in die Stadt, sich in Schnaps zu ertränken, nur dass er sonst immer am Nachmittag heimkam, taumelnd und schwankend, auf Badeco gestützt, nur diesmal nicht, war er nicht heimgekommen, weder betrunken noch nüchtern, war einfach unterwegs liegen geblieben, wie seine Frau ihn so oft gewarnt hatte, Orlando, ich bitte dich, hör auf, dich so zu besaufen, Mann! Aber er, der gute Kerl, der Bescheidene, Gerechte, der zärtliche Vater, der Achtung vor fremden Frauen hatte, mit sich und dem Leben im Reinen, verrohte nach nur einem Schluck Schnaps in der Gurgel. Wurde zum Tier, zur tollwütigen Bestie. Und schlug seine Frau, und verdrosch seine Kinder mit dem Riemen, und machte mit Jungfrauen herum und mit verheirateten Damen, und legte sich mit den Nachbarn an und verging sich an der Schöpfung. Danach schämte er sich eine Woche lang mit gesenktem Kopf, ging in den Laden des Türken, kaufte kleine Geschenke für die Kinder, eine Aufmerksamkeit für die Frau, ließ einem Nachbarn, der ein Baby zu Hause hatte, eine Flasche Ziegenmilch bringen, einem anderen einen Liter geschälte Bohnen, ein Schwein für die Kirchweih, beichtete bei der Gelegenheit, bat um Vergebung für seine Sünden, und dann, wenn alles erledigt schien, schlich sich wieder langsam der Sonntag heran, schlug ihm mit einen Satz seine Krallen in die Fersen, das Gift bemächtigte sich seines Körpers, und er war wieder besessen, brutal, streitsüchtig, dumm, konnte Bäume ausreißen, fürchtete niemanden und nichts. Und der Junge bekam alles mit. Wollte auch weinen, Leere spüren, doch stärker als der Gedanke an die Späße, die Vater machte, wenn er von der Weide kam, stets eine Überraschung dabei, eine Wildfrucht, ein Vogelnest mit bunten Eiern, ein Gürteltier zum Abendessen, waren die Ohrfeigen, die er bekam, wenn der Vater betrunken war, die alles überlagerten, die Kopfnüsse, die Schläge auf den Hintern, der Schmerz, wenn er ihn zwickte, mit Grund oder ohne, die endlosen Streitereien mit der Mutter, das Schreien, das Brüllen im ganzen Haus, das er vergessen wollte, er stopfte sich Watte in die Ohren, doch der Lärm drang durch sie hindurch, riss sein Gehör auf, er versteckte sich unter dem Bett, wenn der Lärm die Nacht aufwirbelte. Und Jahr für Jahr war die Mutter schwanger, noch einer, der leiden muss, und die Zeit schleppte den Vater immer mehr in die Gosse, als wüchse mit jeder neuen Geburtsurkunde seine Verzweiflung. Badeco, sein angenommener Bruder, versuchte, schon kräftiger, den Streit zu schlichten, warf sich dazwischen, doch am Ende bekam auch er es immer ab, denn wenn der Vater so war, so besessen, sah er nicht Badeco, seinen angenommenen Sohn, sondern Badeco, den Knecht, und schlug ihn mit allem, was er gerade zur Hand hatte, dem Hackenstiel, einem Holzscheit, einem Bambusstecken. Wenn er Wut hatte, sagte Badeco, Eines Tages vergesse ich mich, wirst schon sehen, aber nur wenn er Wut hatte, denn Badeco mochte den Vater sehr.

Er hatte eines Tages einfach auf dem Hof gestanden, ein Winzling, so klein, Knöchel ganz rau vor Dreck, Rotz an der Nase, die Augen verklebt, kein Hemd auf dem Leib, nur mit einer zerschlissenen Hose bekleidet, aber pfiffig, das Kerlchen, erzählte Vater gern stolz, er selbst war ja damals noch gar nicht auf der Welt, der Junge gefiel ihm, er fragte, ob er keine Familie habe, wo er zu Hause sei, und der Bengel kletterte auf seinen Schoß, hängte sich an seinen Hals, und da hatte er gerufen, Assunta, Assunta, wir adoptieren das Negerkind. Und Mutter hatte ihn gebadet, brachte ihm bei, sich das Gesicht zu waschen, trocknete seine Wunden mit Sulfonamid, verpasste ihm eine Schwitzkur gegen die Erkältung, Jesuitenteeöl gegen die Würmer, behandelte mit Tabak eine Larve, die er am Rücken hatte, und mit wildem Yams und Asche die Krätze, dann gab es etwas zum Anziehen, ein Paar Latschen, und schon begann er von allem zu essen, und sein Körper sprach darauf an und wuchs wie verzweifelt. Seitdem war Badeco dem Vater nicht mehr von der Seite gewichen und durfte ihn sonntags in das Haus in der Rua do Quiabo begleiten, erst zu den Damen, dann zu Pivatto, wo die Männer Billard spielten und Dame, Truco, Buraco, Briscola, Burro-em-pé, Burro-deitado und tranken, tranken, tranken.

Und er war es, der am Ende des Tages den Pferdekarren heimsteuerte. Der Vater, ein schwankender Koloss, kotzte, kaum dass er die Terrasse betreten hatte, seine Wut gegen Gott und die Welt heraus.

Die Spitze des Zuges war schon am Friedhofstor, da war das Ende gerade einmal vor dem Lädchen des Türken, ganz am Ende der Straße. Der Junge folgte ihm in der Menge und spürte statt Trauer sogar Erleichterung, denn er wusste, nun gab es keinen Streit mehr, niemand würde mehr Prügel beziehen, nur weil der Vater betrunken war, und sie würden froh leben. Er konnte auch keine Wut auf Badeco empfinden. Er wusste, dass er etwas Schreckliches getan hatte, eine Todsünde, doch ... er ... wird seine ... Gründe gehabt haben.

Um Gottes Willen, was für Gedanken! Er würde seinen Vater nie wieder sehen, wahrhaftig, und das lastete schwer wie ein Bund Brennholz auf seinen Schultern. Doch ... Auch Badeco würde er nie wieder sehen, er war entkommen durch den Sumpf in der Nähe der Ländereien der Bicios, man hatte einen Latschen im Schlamm steckend gefunden, einen Knüppel am Bachufer, um diese Zeit war er wahrscheinlich schon über alle Berge, weit weg ... Wo er auch gerne wäre, um nicht dieses schlechte Gewissen zu haben, das ihm auf der Seele brannte, diese rätselhafte Hand, die ihm die Kehle zuschnürte.

Und jetzt drängten sich alle um das Grab der Familie Spinelli. Im ersten Fach lag der Großvater, der alte Giovanni, den er nicht mehr kennengelernt hatte, aber zu Allerseelen immer besuchte und dabei den vom feinen Regen zu Ehren der Toten ganz rutschigen Hügel hinaufsteigen musste, einen Strauß Rosen oder Nelken in der Hand. Der Totengräber öffnete das zweite Fach, und in der Ferne läuteten die Kirchenglocken und brachten die Schatten der Verblichenen mit den dunklen Wolken in Einklang, die sich am Himmel zusammenbrauten. Weinen erfasste die Anwesenden, von denen die einen hysterisch heulten, die anderen gefasst schluchzten. Der Junge presste sich den Daumen auf die Augen, doch nicht einmal so gelang es ihm, auch nur eine Träne zu verdrücken. Mein Gott, was würden sie von ihm denken? Dass er abartig war, pietätlos. Doch je mehr er seine Gefühle umpflügte, desto mehr welkten seine Augen, und noch bevor der Sarg vom Stein verschlungen war, stürzte er davon und blieb erst am Friedhofstor stehen. Von dort aus beobachtete er, wie die Menschen auseinanderströmten. Er wollte nach Hause zurücklaufen, sich in sein Bett werfen und schlafen, tief schlafen, ohne Träume, und erst am nächsten Tag wieder aufwachen, und sein Kanarienvogel sollte singen, und der Dezember draußen sollte sich Richtung Weihnachten bewegen, und das Leben sollte in seinen gewohnten Bahnen weitergehen wie das Schnaufen einer Dampflokomotive. Doch seine reglosen Beine hatten anderes vor.

Er konnte Orélio ausmachen mit roten Augen, er wollte verschwinden, doch wohin?, die schweren Arme seines Cousins umfingen ihn und führten ihn zu einem blauen Jeep, der am Tor zur Reisschälmaschine geparkt war, auf der Rückbank drängelten sich weinerlich Tide und Donato. Wortlos trat der Cousin aufs Gas und bog in den Lehmpfad ein, der das alte Anwesen Os Gomes durchschnitt, das seinem Großvater gehört hatte und nun Eigentum von Onkel Antônio, Donatos Vater, war. Gelber Sand umfing die Landschaft, die sich unter ihren

Reifen auflöste. Fuhren sie dem Unwetter entgegen? Orélio durchschnitt die unberührten Meilen mit dem Motorenlärm. Auf der Weide flatterten ungelenk Seriemas auf, Ochsen, Kühe und Pferde weideten unbeaufsichtigt, der feuchte Wind streifte über die Maispflanzen, Tabakpflanzen, das Zuckerrohr, Zaunpfähle. Der schnelle Jeep auf der sandigen Piste, rau mit den Schlaglöchern, furchtlos durch die aufgeweichte Erde im Sumpfland. Wo fuhren sie hin?, fragte er sich. An der Kreuzung bog der Cousin mit einem beherzten Ruck am Lenkrad und ohne zu zögern, anstatt dem Weg zum Land des Großvaters zu folgen, in holperige Nebenpfade ein. Kurz darauf zischten die ersten Tropfen des angekündigten Regens auf das heiße Blech. Orélio ignorierte die Warnung und stürzte sie alle in das Unwetter. Sie waren völlig durchnässt, als das Auto schließlich vor dem Laden von Herrn Remundo zum Stehen kam, einem heruntergekommenen Kramladen mitten im Niemandsland, umrahmt von zwei riesigen Bougainvillea, dahinter ein Reisfeld, eine von Termitenhügeln übersäte Weide und davor Büschel von Molassegras. Sie stiegen aus. Hinter dem Verkaufstresen der Alte, war kaum zu sehen, wie er verloren in der vorzeitig hereingebrochenen Nacht stand. Doch er erkannte die Spinelli-Söhne. Orélio schob seinen Bauch an den Holztresen, Tide und Donato machten es sich auf Reissäcken bequem und verscheuchten die fette Katze, die gerade ihre Krallen schärfte. Zé blieb in der Tür stehen und schaute in den schräg fallenden Regen, der die Straße in einen Flussarm verwandelte. Haben Sie Lampen, Herr Remundo?, fragte Orélio. Nee, haben wir nicht, Junge, antwortete dieser und fügte hinzu: Wie entsetzlich, mein Gott! Wie entsetzlich! Ich sehe ihn noch vor mir ... Hilfsbereit, fleißig ... Immer gut gelaunt ... Er war manchmal hier ... machte Scherze ... und mit den Kindern ... Orélio sagte: Herr Remundo, wir stecken hier fest ... Stellen Sie mal vier Cachaça hin ... Der Alte zog eine Literflasche unter dem Tresen hervor, rückte fünf Gläser zurecht und schüttete den Zuckerrohrschnaps hinein. Gott möge ihm einen guten Platz geben, sagte er und kippte den Fusel hinunter. Orélio rief die Cousins zusammen. Tide und Donato tranken auf Ex. Zé blieb nichts anderes übrig, als das brennende Zeug zu schlucken, das sich in seinem Inneren ausbreitete.

»Sie sind ein anständiger Schwarzer, Remundo ...«

»Es gibt Schwarze, die bleiben nicht bei ihren Leisten«, antwortete der.

»Sehen Sie, Herr Remundo, mein Onkel hat diesen Burschen aufgezogen, den verdammten Schwarzen, hat ihm alles gegeben, ihn wie einen Sohn behandelt ... Und ... dann ... Was war der Dank dafür? Sagen Sie ...«

»Das ist wirklich traurig ... Wirklich sehr traurig ...«

Der Alte stieg eine Stufe hinauf und verschwand hinten im dunklen Hause. Orélio füllte die Gläser nach. Der Wind maß seine Kräfte an den Bougainvilleastämmen. Die Cousins sprachen dem Schnaps zu. Remundo kam mit einem dampfenden Teller voll mit Wurst zurück, füllte die Gläser erneut, Gott gebe ihm einen guten Platz, wiederholte er. Sie leckten die Finger ab, Orélio steckte sich eine Zigarette an, bot Remundo eine an und dann schwiegen beide und lauschten dem Peitschen des Regens auf dem Dach. Tide und Donato setzten sich wieder auf die Reissäcke und Zé lehnte sich an den Türpfosten, mit dem Rücken zum Tresen und schaute auf das Wasser, das nun von den Hängen herunterstürzte und die Straße überflutete.

Plötzlich sagte Orélio, als wäre ihm plötzlich etwas eingefallen: Lasst uns weiterziehen, Leute, lasst uns weiterziehen. Was macht das, Remundo? Das geht auf mich, Junge, geht mit Gott, unser Herr Jesus Christus sei mit euch. Nehmt die Flasche mit, ihr werdet sie brauchen.

Orélio drehte den Zündschlüssel, die anderen nahmen ihre Plätze ein. Er gab Vollgas und der Jeep schlitterte über den Schlamm, ein, zwei, drei Mal, und stob dann unbekannte Pfade entlang. Der Regen hatte nachgelassen. Das Auto überwand zögerlich steile Hänge und Abfahrten. Wenn es sich irgendwo festfuhr, stiegen sie aus und schoben, und dann ging es weiter in Richtung Ende der Welt. Der blaue Nachmittag neigte sich schon dem Ende zu. Bald würde die Nacht sich ausbreiten. Da bekam es der Junge mit der Angst. Nicht vor der Nacht, die inzwischen schon tief war, sondern vor etwas nicht Greifbarem. Und obwohl die Cousins bei ihm waren, fühlte er sich alleine. Und Angst und Einsamkeit türmten sich in ihm auf. Und seine Gedanken schweiften wieder zu Badeco, wo er wohl war?, der einzige wirkliche Freund, ein Herzensfreund, den er bisher gehabt hatte. Ob er ihn je wieder sehen würde? Und seinen Vater?, der seine Albträume bevölkerte, der stolz war, wenn er ihn spielen sah, in der Jugendmannschaft von Spartano. Würde er auch ihn nie wieder sehen? Und etwas stieg in ihm auf, ihm wurde schlecht, etwas Seltsames, das er noch nie zuvor gespürt hatte, ein Funken leuchtete auf in seinen Gedanken, Und wenn ... nein, das war unmöglich ... Und ... wenn ... Wenn Badeco ... Nein ... nein ... Und wenn er in seinem Schmerz ... das getan hätte, um ... nein ... nein ... so etwas hätte er niemals getan ... er mochte den Vater, viel mehr als er selbst ... Aber ... Und dann ließ er einen Schrei los, ein spitzes Kreischen, und in ihm brach ein Damm, sein zierlicher, kleiner Körper zitterte, bebte, und Tide sagte erschrocken, Halt an Orélio, halt an, und Orélio sagte, Nein Tide, lass ihn, lass ... Es wird ihm guttun ...

Und trat das Gaspedal durch.

Ende

Er stirbt. Jair zog die Knie bis an den Brustkorb, der Schmerz, der entsetzliche Schmerz war wieder da, der unerträgliche Schmerz, er begann leise zu wimmern, Schweiß flutete sein weißes Hemdchen, sein Bettnachbar drückte kräftig die Klingel, sagte irgendwas wie Ganz ruhig, Herr Jair, ganz ruhig, aber nein, er würde ihn nicht aushalten, diesen Schmerz, der ihn peinigte, den Schmerz, die Krankenschwester betrat das Zimmer, schaute auf die Krankenakte, ging wieder hinaus, kam mit einer Spritze auf einem Tablett zurück, desinfizierte den rechten Oberarm mit einem alkoholgetränkten Wattebausch, und Jair sah die Nadel betäubend in die raue Haut eindringen, die Hand des Engels des Herrn, spürte, wie Balsam sich in seinem Körper ausbreitete, der Schmerz nachließ und es Sonntagfrüh wurde, Danke Herr, danke.

(Jair war schon wach. Es war vier und er hatte sich bereits umgezogen und sah zu, wie das Wasser im Kessel auf dem Gasherd zu kochen begann. Es klingelte an der Tür. Um diese Zeit?, wer konnte das sein? Beim zweiten Klingeln öffnete er das Wohnzimmerfenster, schaute zum Törchen, sein Herz pochte, da war tatsächlich jemand, das fahle Licht von der Straßenlaterne fiel auf eine Person, die er nicht erkennen konnte. Rosa hatte eine Schlaftablette genommen, sie würde nicht aufwachen. Er ließ das Wasser auf dem Feuer stehen und stieg schwankend die fünfundzwanzig Treppenstufen hinab, dabei betete er, Gott möge einen Engel schicken, der ihn in diesem schwierigen Moment begleitete. Bevor er das Tor öffnete, fragte er, wer da sei, und die Beine wurden ihm schwach. Sicher nichts Gutes um diese Zeit ... Die noch unfertige Stimme eines Jugendlichen sprach klanglos: Hier, Folgendes, Totenkopf und Alligator hat es erwischt ... Wie bitte? Ja, sie haben sie erwischt. Auf dem Feld. Dann hörte er hastige Schritte um die Ecke verschwinden. Totenkopf und Alligator waren im Viertel die Spitznamen von Jairzinho und Orlando ... Ihm wurde schwindelig, er meinte, er würde fallen, lehnte sich gegen die Mauer und atmete tief durch, Mein Gott, gib mir Kraft, Herr. Und schlurfte die warzigen Füße, sein Magengeschwür die

Gasse hoch bis zum Feld. Im Zwielicht versuchte er etwas zu erkennen, Mein Gott, was ist das denn?, zwei Körper direkt vor ihm ... das noch lebendige Blut aus den Mündern ... Er fiel auf die Knie, Mein Gott, bitte nicht!, mein Gott, bitte nicht! Da lagen sie, seine Söhne, Jairzinho, Ach Jairzinho, wie oft habe ich dir gesagt, dass das kein gutes Ende nimmt, wie oft!, und Orlando, Ach Orlando, was für ein Schicksal, was für ein Schicksal! Mein Gott, und Rosa?, Was wird nun aus ihr werden, mein Gott, was?, Welche Prüfung, Herr! Welche Prüfung! Er stand auf und ging langsam zur Bäckerei. Er wusste, dass seine Söhne mit Drogen zu tun hatten, beobachtet von der Polizei und den Banden im Viertel, doch er dachte, es würde ihm gelingen, mit Gebeten, Nachtwachen, sie vom falschen Weg abzubringen, dass sein gutes Beispiel als fleißiger, ehrlicher, aufrichtiger Mann, der seine Schulden bezahlte am Ende womöglich einen Einfluss ... Wie oft hatte er seine Söhne zur Ordnung gerufen, aber was nützte das? Er stand früh auf, mitten in der Nacht noch, und verbrachte den ganzen Tag am Steuer eines Omnibus, hoch und runter, er hatte eine Familie zu ernähren, kam erst nachts zurück, die Frau machte ihm das Essen warm, stellte das Abendbrot auf den Tisch, setzte sich und dann sie, Ich wollte dich nicht behelligen, dir Sorge bereiten, wollte ich nicht, und weinte verzweifelt, wusste nicht mehr, was tun, die Jungs schlossen sich den ganzen Tag in ihrem Zimmer ein, schliefen, hingen herum, schauten Fernsehen, und wenn sie ihnen sagte, dass es so nicht mehr weiterging, dass sie etwas aus ihrem Leben machen sollten, lernen oder arbeiten, wurden sie aggressiv, unverschämt, zertrümmerten fast die Wohnung, und sie mussten sogar das Geld verstecken, Muss man sich mal vorstellen!, weil sie alles nahmen und ausgaben für teure Kleidung und, Gott vergib mir, sogar Rauschgift, und dann verkauften sie sogar die Stereoanlage, die Josué ihnen zu Weihnachten geschenkt hatte, und sie bedrohten sie, sogar beim Pastor waren sie schon gewesen, der hatte versucht, mit den Jungen zu reden, doch die hatten ihn nur abblitzen lassen, ausgelacht ... Und daran zu denken, dass er, als er diese Parzelle ausgesucht, unter solchen Opfern bezahlt, und als er dieses Haus gebaut hatte, Gott allein weiß, unter welchen Schwierigkeiten!, gedacht hatte, dass sie hier glücklich sein würden, Kinder großziehen und diese zu geachteten Menschen würden, die ihnen Enkel schenkten, die mit ihnen die Kirche besuchen würden, mit Oma und Opa und dass ... Aber was uns bestimmt ist, können wir nicht den anderen zuschieben. Er erreichte die Bäckerei, grüßte den Kassierer, Guten Morgen, kaufte Telefonmarken. Von der Telefonzelle aus rief er in der Firma an, Ja, ich kann heute nicht arbeiten kommen, leider ... Ja, paar Probleme zu Hause, Familiengeschichten, und dann zur Polizei. Er legte auf, schaute zur belebten Bushaltestelle hinüber. Wie sollte er es Rosa sagen?, Wie? Das würde sie nicht ertragen ... Sie hat es doch schon mit den Nerven ... Und jetzt ... Mein Gott, da zieht man die Kinder mit so viel Liebe auf ... Und dann das. Ist das gerecht? Ist das gerecht?)

Er leidet. Der Arzt war ein junger Mann, gerade fertig, sehr aufmerksam. Fragte, wie es so ginge, er antwortete mit einer Geste, geht so, fragte, was seine Lieblingsmannschaft sei, Mag keinen Fußball, Doktor, Der machte ein enttäuschtes Gesicht, da erklärte er: Meine Religion verbietet das Spiel. Ach so, brachte der Arzt hervor und schaute auf das Krankenblatt. Sehr gut, Herr Jair, sehr gut. Aber wenn Sie vielleicht einen Sieg von Palmeiras irgendwie in ihre Gebete einschließen könnten ... Jair lachte. Abgemacht also, sagte der Arzt und verabschiedete sich, und mit ihm der Morgen.

(Rosa. Jair. Und nahmen sich bei der Hand. Jair war schon lang hinter der auberginefarbenen Schwarzen mit den langen Haaren her, die beim Sonntagsgottesdienst in der Pfingstkirche Gott-Ist-Liebe an der Praça João Mendes immer in der ersten Reihe saß. Wenn er nicht Bereitschaft hatte, verbrachte er dort seine Sonntage. Glättete das Kraushaar mit Brillantine, schlüpfte in seinen schwarzen, auf Raten gekauften Anzug, wienerte und wienerte die Schuhe und schlenderte gemächlich in Richtung Innenstadt, die Bibel unter dem Arm, weil er wusste, dass sie dort auf ihn wartete, die Frau, die eines Tages die

Mutter seiner Kinder sein würde, Gefährtin zu jeder Stunde, in guten wie in schlechten Zeiten. Doch sie dachte noch gar nicht daran, würde er den Mut aufbringen, sie anzusprechen? Rosa blieb immer noch nach dem Gottesdienst, hielt sich mit einer Schwester auf, deren Ehemann zu viel trank, mit den Kindern, die gelangweilt auf ihre Eltern warteten, dem jungen Mann, der, traurig, noch keine Stelle gefunden hatte ... Bis er eines Tages allen Mut zusammennahm und ihr entgegentrat. Rosa. Jair. Und gingen schweigend in Richtung der Praça da Sé mit verschämtem Blick. Schwester, darf ich dich auf ein Eis einladen? Er durfte, Himmelslaternen im Bauch. Bei einer Dame in Mooca zur Untermiete. In einem Hinterzimmer, zur Miete in Santana. Aus Bahia. Ich bin aus Minas. Verkäuferin bei Lojas Brasileiras. Omnibusfahrer. Schon seit sieben Jahren, Gott zur Ehre und Ruhm. Ich bin erst vor kurzem konvertiert, sechs Monate vielleicht. Friede dem Herrn, Bruder. Friede dem Herrn. Eines Tages besichtigte Jair eine Parzelle am Ende der Buslinie, Jardim Peri – Largo do Paissandu, und war begeistert von der Idee, dort sein Leben mit Rosa zu beginnen. Er zahlte das Grundstück an und heuerte, das Wasser bis zum Hals, Aber wenn es nicht geht, soll es nicht sein, eine Art Maurer an, um die Fundamente zu legen und die Wände zu errichten. Rosa war einverstanden, begeistert. Kleines Häuschen, Küche, Diele, zwei Zimmer, Toilette draußen. Die Brüder aus der Kirche halfen, wo immer es ging: setzten die Toilettenschüssel, bauten Stufe für Stufe, fünfundzwanzig genau, eine Treppe bis hinunter zur Straße, bauten die Mauer, betonierten das Dach, verputzten und kalkten die Wände. Und Gott segnete die Verbindung. Ohne Strom, ohne Abwasser, ohne Wasser. Täglich sich abwechselnd holten sie Wasser vom Brunnen, sechzehn Meter tief. Und Kinder und der Fortschritt kamen auch: Josué, Elektrizität und Abwasserleitungen und fließend Wasser; Jairzinho, Asphalt und ein Anbau mit noch zwei Zimmern; Orlando, Supermärkte und Läden und noch ein Stockwerk mit Bad; Rute, Gesundheitsstation und ein eigenes Zimmer für sie.)

Er stirbt. Der Essenswagen kam, Jair sagte, er habe keinen Hunger, doch die Pflegerin war so freundlich und nett, Heute ist doch Besuchstag, wenn Sie nichts essen, Sie wissen schon ... Haben Sie keine Kraft, den Besuch zu empfangen ... Los, essen Sie schon alles auf. Jair lachte und schluckte die Suppe, die das Mädchen ihm in den Mund löffelte. Draußen viel Sonne, Autolärm, Busse.

(Josué war nun schon erwachsen. Er war fünfundzwanzig, und es ging ihm gut. War Chauffeur eines Mannes mit einigem Geld in Morumbí und wohnte in einem Häuschen hinter der Villa des Chefs. Er war noch nie dort gewesen, aber Josué wurde gut behandelt. Er war sogar schon im Flugzeug geflogen, als Begleitung in den Ferien, Mato Grosso?, Ja, Mato Grosso mit dem Flugzeug!, stell dir mal vor! Jeden Samstagnachmittag schaute er in Jardim Peri vorbei, brachte Neuigkeiten mit, irgendein Essen, das er von der Köchin gelernt hatte, ein neues Haushaltsgerät, ein kleines Geschenk für die Mutter. Aber er blieb nie lange, vertrug sich nicht mit den Brüdern. Wollte nie wissen, wie es ihnen ging. Rutinha mochte er. Machte Ausflüge mit ihr ins Playcenter, U-Bahn fahren, sogar zu einem Spiel im Pacaembu-Stadion! Als sie dann verheiratet war nach Ermelino Matarazzo, sahen sie sich nicht mehr so oft. Aber er half ihr im Laden, das war schon viel wert, denn ihr Mann, die Ärmste, war in Ordnung, aber nicht allzu helle, zu stolz, jede Arbeit anzunehmen, ließ kein Fettnäpfchen aus, regte sich über jede Kleinigkeit auf. Altmodisch. Die Schwägerin mochte Jair allerdings gar nicht. Aus spiritistischem Elternhaus brachte sie Josué nur vom rechten Weg ab. Sie besuchten ein Zentrum in Ferreira, was soll man denn machen? Die Frau mochte das gar nicht, aber die beiden wirkten so zufrieden, dass Jair immer sagte, Rosa, Religion heißt, Gottes Geboten zu folgen. Ganz gleich unter welchem Namen. Rosa regte sich auf, schuld daran ist nur diese ... Aber Josué war zur Mutter so freundlich. Ein oder zwei Jahre vor ihrem Tod kaufte er ihr eine Fahrkarte nach Barreira in Bahia, damit sie dort ihre Verwandten besuchen konnte. Seit sie in São Paulo lebte, war sie

nie wieder zu Hause gewesen. Vierzehn Tage war sie geblieben, eine Traumreise. Und Papa, möchtest du nicht auch einmal die Verwandtschaft in Minas wiedersehen? Was soll ich da, Josué? Ich habe dort niemanden mehr. Ich bin allein auf der Welt. Meine Familie seid ihr.)

Er leidet. Dann kam Marcelo, ein merkwürdiger Pfleger, der die männlichen Patienten wusch. Er kam mit seinen Sachen, nahm Jair und wusch ihn am ganzen Körper mit einem in Wasser getauchten Tuch. Marcelo kümmerte sich um Jair und unterhielt sich dabei mit dem Patienten im Nachbarbett. Immer einen Spaß im Sinn, blödelte herum! Herr Jair, Herr Jair, Ihr Ding funktioniert ja gar nicht mehr? Fragte er und lachte. So, fertig!, Jetzt sind sie hübsch!, duften, geputzt wie ein Bräutigam! Jetzt Herr Capistrano. Capistrano, wie kann man nur so heißen! Herrje!

(Rute, das Nesthäkchen wollte wohl mit der Schule weitermachen. Ein gutes Kind, klug ... Aber dann begann alles schiefzugehen, die Jungs ließen sich mit den Verbrechern im Viertel ein, gerieten in schlechte Gesellschaft, dann kam der Streit, Ärger, Tag und Nacht, hin und her, die Mutter bekam es mit den Nerven, durchwachte Nächte, Traurigkeit, schließlich heiratete sie ihren ersten Freund, auch ein gläubiger Mensch, Anhänger der Brasilianischen Kirche für Christus, ein armer altmodischer Bursche, und mit dem zog sie ans andere Ende der Stadt, Ermelino Matarazzo. Jair wusste, dass sie in Wirklichkeit aus ihrer Umgebung herauswollte, aus dem kriminellen Milieu, um nicht zu enden wie die Mutter oder gar wie die Brüder. Nur selten besuchten sie sie, es war so weit weg! Glücklich war sie nicht, das wussten sie, aber sie hatte es so gewollt. Sie legten alles in die Hand Gottes, der über alles bestimmt.)

Er stirbt. Erst kamen acht Brüder und Schwestern der Gott-ist-Liebe-Kirche in Begleitung des Pastors Inocêncio. Die Gebetsgemeinschaft für die Kranken. Mit ihnen kam dieser Seelenfrieden, dieses Gefühl des Wohlseins. Sie begrüßten ihn, lobten, wie gut er aussah, sagten, bald würde er sicher entlassen werden. Erzählten, was es Neues gab, von Kircheneintritten, offenen Gottesdiensten, wundersamen Heilungen – Gott sei gepriesen! Um das Bett herum, die Hände über seinen Körper gebreitet, schlossen sie die Augen, der Pastor zog das Gebet aus der Tasche, unterbrochen von Hallelujahs! Das Gleiche mit Capistrano. Und dann segneten sie die anderen vier, brachten den Kranken Linderung. Dann kam Rute an die Reihe, ihr Ehemann, und das Enkelchen auf dem Arm. Einen Apfel hatten sie ihm mitgebracht und sprachen über die Hitze, Bald wird es bestimmt regnen, Jair, es sieht nach Gewitter aus, und drückten sich herum, ohne zu wissen, wohin mit den Händen, den Augen ...

(Rosa ging früh aus dem Haus, um Weihnachtseinkäufe zu machen im Mappin an der Praça Ramos. Jair hatte an diesem Tag bis drei Uhr gearbeitet und sich gewundert, dass sie noch nicht zurück war, als er nach Haus kam. Er rührte sich Reis, Bohnen, Kohl zusammen, briet ein Stück Fleisch und schlief im Wohnzimmer vor dem Fernseher ein. Um halb sechs erwachte er und suchte im ganzen Haus, fand sie nicht und fing an, sich Sorgen zu machen. Rosa nahm Beruhigungsmittel und war in letzter Zeit etwas daneben, entrückt, träumerisch. Er ging zur Telefonzelle und rief Josué an, der war nicht da, er hinterließ eine Nachricht, Sag ihm, ich ruf später noch einmal an, ging nach Hause zurück, suchte Zerstreuung, doch eine klebrige Stille hatte sich über alle Zimmer gebreitet, es lag etwas in der Luft, ein Feuer im Magen, noch einmal ging er die fünfundzwanzig Stufen hinunter, telefonierte von der Telefonzelle, Noch nicht zurück?, Nein, nicht nötig, danke. Er trieb sich auf der Straße herum, Mein Gott, schick mir ein Zeichen, Gott, dann hörte er um halb neun ein Hupen, Josué?, ein Auto parkte am Randstein der gegenüberliegenden Straßenseite, Josué?, was ist passiert, Junge?, Josué nahm ihn in den Arm, wie er es noch nie getan hatte und sagte, Papa, Mutter ... Mutter ... sie ist überfahren worden auf der Avenida Rio Branco ... Überfahren? Ja ... Sie ... sie ist tot ...)

Er leidet. Rute, der Mann und das Enkelchen auf dem Arm sind fort. Kurz danach kam Pastor Inocêncio zurück mit den Brüdern und Schwestern. Gut, Bruder Jair, wir gehen dann mal. Jair machte ein Zeichen mit der Hand, bat ihn, noch etwas zu bleiben. Der Pastor ließ die Gruppe gehen und zog einen Stuhl neben das Bett. Jair flüsterte, Schweißperlen auf der Stirn: Pastor, dieser Schmerz ... dieser Schmerz sind die Toten ... meine Toten ... die in mir faulen ... erschrocken fuhr der Pastor zurück, doch Jairs eiserner Griff hielt ihn zurück. Pastor ... Gott ... Gott ist nicht Liebe ... Ist Rache ... Bestrafung.

(Jairzinho war widerspenstig, trotzig und immer unterwegs auf der Straße, schwänzte die Schule, strengte sich nie an, immer auf der Suche nach dem bequemsten Weg. Der Vater wollte ihn in die Kirche zurückholen, aber er wehrte sich, Kümmere dich um dein eigenes Leben, lass mich in Frieden, geh mir nicht auf den Sack, Mann! Und angestachelt von schlechter Gesellschaft. Ruf mir mal den Caveira, Onkelchen! Caveira? Keine Manieren die Burschen!, Unverschämtheit!, haben die keinen Respekt? Wenn er zur Arbeit ging, flehte Jair zu Gott, er möge ihm einen Schutzengel für Rosa schicken, die Nachbarn hatten ihn schon gewarnt, Herr Jair, ihr Junge ist nur mit Leuten unterwegs, die nichts taugen. Das war eine Bande von seltsamen Leuten, mit denen er ständig aneinandergeriet, die sich im Zimmer einschlossen im oberen Stock, ein Durcheinander, Stunden um Stunden und keiner wusste, was sie dort trieben, sicher nichts Gutes, und wenn sie mal nachfragten, wurde Jairzinho zur Bestie, schlug alles kaputt. Und Orlando, den sie Alligator nannten, wuchs hinein in diese Umgebung, und ehe man es sich versah, steckte er schon in der Besserungsanstalt, Drogenhandel, eine Schande, mein Gott, er konnte den Nachbarn schon nicht mehr in die Augen sehen, die zwei waren wie Pech und Schwefel, wo der eine war, war der andere auch. Und Polizei kam ins Haus, die Mutter bekam Ohnmachtsanfälle, musste ins Krankenhaus, er stand alles durch, weil er ein Mann war, ein Mann muss das aushalten.

Und es verschwanden Sachen im Haus, und er musste auf die Polizeistation, wie beschämend, lieber tot, lieber tot.)

Er geht. Von seinem Kopfkissen aus sah er ein Stück Mond über den blauen Himmel ziehen, er hatte zwei Mal das Meer gesehen, das erste Mal, als er mit den Kindern nach Praia Grande gefahren war, sie waren so fröhlich gewesen, Jairzinho hatte sich mit Eis vollgekleckert, ein Fest, Rute war noch ganz klein, spielte im Sand mit sehr ernstem Gesicht, Orlando wartete, bis die Welle kam, um dann erschrocken vor ihr wegzulaufen, aber wirklich etwas davon gehabt hatte Josué, ein junger Mann schon, gut gebaut, mein Gott, was waren sie damals glücklich!, die Freude, seine gesamte Familie beisammen zu sehen, unbeschwert lachend ... Beim zweiten Mal hatte Josué sie mitgenommen. Nach Santos. Die Mutter war damals schon ein Wrack, solche Kopfschmerzen!, keine Spur von der Rosa, die er einmal kennengelernt hatte, nur noch Haut und Knochen, Augenringe, so groß, Josué hat sie dazu gebracht, einmal ins Wasser zu gehen, sie ging, sagte, Der Junge ist verrückt, Jair, schau nur!, und dann verfinsterte sich ihr Blick wieder, scheinbar konnte sie nicht mehr glücklich sein, wegen Jairzinho und Orlando, dem Weg, den Rute gegangen war, aber schon kam Josué mit etwas Neuem und schmierte die Mutter mit Sand ein, sie ging ans Meer, um sich zu waschen, und wieder schubste er sie ins Wasser hinein, der ist wirklich verrückt, Jair, der Junge, und lachte und lachte. Und nun starb er. Er spürte ein Stechen im Bauch, der Schmerz kündigte sich an, *Badequim, du kannst die Augen wieder aufmachen*, sein Pate, die rechte Hand auf seiner rechten Schulter, die linke auf die Zwiebelreihen vor ihnen gerichtet, sagte, *Badeco mein Sohn, das gehört dir, was du davon erntest, ist bares Geld, sei vernünftig, ja, Badequim, pass gut auf sie auf, Badequim, pass gut auf ...*

Hinterhalt

Orlando kippte noch einen Schluck Cachaça hinunter, zielte auf die Kugel mit der sieben, setzte dann ab. Fuhr mit der Kreide über den Queue, zielte auf die fünf, lochte ein. Beugte sich wieder über den grünen Filz des Billardtisches, zielte auf die sieben, sagte an, der Queue zischte, die weiße Kugel rollte sauber und ohne eine andere zu berühren. Badeco sprang kurz in die Luft und lachte los. Orlando verlor die Kontrolle. Wütend schleuderte er den Queue auf den Jungen, der im Ausweichen ein leeres Bierglas vom Tisch fegte. Was lachst du?, blöder Neger! Und ging auf ihn zu, baute sich vor ihm auf. Was gibt's da zu lachen?, du Stück Kokelholz! Wüsste nicht, dass ich dir das erlaubt hätte, uai! Erschrocken verdrückte sich Badeco zur Ladentür. Aber Orlando stellte sich ihm geschickt in den Weg und verpasste ihm, bevor er überhaupt reagieren konnte, eine Backpfeife. Er rannte benommen zum Park hinaus. Die Italiener strömten auf die Straße, sie fanden das alles sehr lustig. Dieser Orlando Spinelli! Orlando ging wieder zurück in Pivattos Laden, was bin ich schuldig? Zog Geld aus der Hosentasche und pfefferte es auf den Tresen. Gehst du schon? Ich schnapp mir den Affen ... Er überquerte die Straße und postierte sich beim Pavillon, von wo aus er den Knecht sehen konnte, der im Garten auf und ab ging. Badeco!, he, Badequim, lass uns gehen. Und er, ohne innezuhalten, ich komm nicht, Patenonkel. Komm schon Badequim, ich tu dir nichts, komm ... Und er in die Enge getrieben: Ich komme nicht Pate, du wirst mich schlagen ... He, du Rotzbube, ich sag doch, dass ich dir nichts tu?! Versprichst du es? Hier, und er küsste seine in Richtung der São-Sebastião-Kirche gekreuzten Finger. Badeco kam langsam heran, misstrauisch, einen Fuß vor den anderen, einen zurück. Orlando ging zurück in den Laden, besprach etwas mit zwei angeheiterten Idioten und kam zurück. Komm Badequim, komm. Badeco kam noch ein Stück näher mit unruhigem Blick. Orlando schnappte ihn sich, Aufhören Pate, halt, nahm ihn in den Schwitzkasten, warf ihn zu Boden und drückte ihm sein Knie in den Rücken, dass er sich nicht mehr bewegen konnte. Pate, du tust mir weh, Pate, ich flehe dich an, Pate, die Säufer banden ihm einen Kälberstrick um seine Hüfte und lachten, die Arme gleich mit an den Leib, und reichten das Ende Orlando. Badeco schrie schon nicht mehr, weinte nur noch, gedemütigt. Orlando befahl ihm, auf die Straße hinauszugehen, stieg auf den Karren und sagte: Los, du Drecksaffe, jetzt drehst du eine Runde um den Garten, hübsch wie ein Schwarzfink! Badeco sträubte sich, doch Orlando griff sich die Peitsche und zog sie ihm zwei Mal über den Rücken. Aua, Pate!, Aua, Pate! Und er begann zu laufen. Orlando ließ die Peitsche durch die Luft sausen. Um sie herum lief Volk zusammen: Die einen, die Älteren, riefen, das sei das Letzte, Hat man so etwas schon gesehen?! Andere, Jüngere, feuerten ihn noch an, Los Badeco, Hoooo! Er war bereits bei der dritten Runde, Uh!, Badequim, uh!, Badequim, da kam ein Polizist: Hört sofort auf damit! Orlando schaute ihn an und sagte, zur Menge gewandt: He, ein Affe eilt dem anderen zu Hilfe? Und die Horde johlte. Der Polizist führte die Hand zum Holster, zog seinen Revolver, Wenn das hier nicht im Guten endet, dann eben böse. Bevor er irgend etwas tun konnte, griff ihn Pivatto von hinten und brüllte, Orlando, Schluss, hör auf mit dem Zirkus, es reicht! Und der Polizist, den Revolver noch in der Hand, hieß die Burschen Badeco losbinden. Orlando führte sein Bierglas zum Mund und sagte: Pivatto, dem Badeco macht das nichts aus, er weiß, dass es nur Spaß ist ... Halt die Klappe, Orlando, sonst macht dir das Polizistchen noch Ärger! Das Polizistchen, mit dem wisch ich mir den Arsch ab! Und wieder bleckte die Menge die Zähne. Als Orlando den Bus Cataguases-Ubá vor der Kirche anhalten sah, merkte er, dass es Zeit war, nach Hause zu gehen. Er stand schwerfällig auf und suchte nach Badeco, Badeco!, he, Badequim!, doch niemand hatte den Jungen gesehen. Dann geh halt zu Fuß!, brummte er. Stieg auf seinen Karren, gab dem Pferd die Peitsche und umrundete den Garten. Hey Leute, hey!

Badeco saß am Straßenrand, schon länger als eine halbe Stunde. In der Hand einen Schwarzholzknüppel. Er war nicht wütend, spürte keinen Hass, nichts. Er wollte seinem Paten nur einen Schreck einjagen, sollte er doch mal sehen, so etwas sollte er nie wieder tun. Er war doch kein Tier! Und plötzlich hörte er einen Hufschlag, den er gut kannte. Als der Karren um die Ecke bog – darauf sein Pate krumm wie eine Angelrute – stellte er sich mitten auf die Straße, He, Badeco, da bist du ja, dummer Junge!, und hob den Knüppel hoch über den Kopf. Das Pferd scheute und stürzte den Abhang hinunter. Badeco in Panik rannte hinzu, um zu sehen, was passiert war. Rutschte auf dem Hosenboden durch das Gestrüpp und sah entsetzt auf den gespaltenen Kopf seines Paten. Er war unglücklich mit dem Schädel auf einen Stein geknallt! Pate, Pate, was ist passiert, Pate? Das zerzauste Pferd schnaufte neben dem Wagen, der kopfüber dalag. Er kniete sich neben den Paten, dessen Mund voll Blut war, die Augen schon leblos, Mein Gott, Pate ...

Der Deutsche und die Indianerin

Ein Blitz krakelte über den Schiefer der Nacht, Donner zerschmetterte die kristalline Stille des verschwitzten Dezembers.

Das Leuchten eines weiteren Blitzes ließ fünf oder sechs huschende Burschen erahnen, einige Mädchen mit Sonnenschirmchen in der Hand.

Minuten später eroberten, wie in einer Prozession, Fahrräder die Straßen, unterwegs zu den Fabriken.

Als die Sirene zehn vor sechs heulte, klatschten die ersten Tropfen auf die Schultern der Nachzügler, die rannten, um noch pünktlich zu kommen.

Um fünf nach sechs kam der Wolkenbruch.

Aus verstopften Gullis gurgelten Wassermassen, ließen Rinnsteine in wirbelnden Bächen verschwinden.

Vom ersten Donner erwachte Dusanjos. Ihre rechte Hand tastete über die Bettkante. *Donato ist schon fort, der Ärmste.*

Sie schlummerte noch etwas.

Wachte erschrocken auf, halb sieben, Regenlärm auf dem Dach. Mit einem Sprung stand sie auf, voller Sorge, das Baby lag ruhig in der Wiege. Noch im Morgenmantel wärmte sie Kaffee auf, den der Mann aufgebrüht hatte, kaute ein Stück Maisbrot, ging im Kopf schon die Arbeit durch, zwei Bündel Wäsche zu waschen, eines zu bügeln.

Gegen Viertel vor sieben beruhigte sie sich.

Mit einem geliehenen Handkarren ging Marlindo zum Busbahnhof, einen Sack roten Mais abzuholen, den er am Vortag gekauft hatte, in Guidoval, als er im Graben ein rotes Monark-Fahrrad liegen sah, gleich bei der Neuen Brücke, genau so eines hatte der Deutsche, *Sogar der Kratzer am Gepäckträger! Ja um Gottes Willen!, das ist das Fahrrad des Deutschen!* Er richtete es auf, stellte es auf den Seitenständer und ging weiter. In der Rua do Pomba traf er einen Gemeindebruder, sie diskutierten über die Auslegung von Matthäus 11,27, »Niemand kennt den Sohn als nur der Vater; und niemand kennt den Vater als nur der Sohn und wem es der Sohn offenbaren will« eine halbe Stunde lang, *ach Gott!*, er musste ja noch vor neun mit dem Popcornstand vor der Grundschule stehen.

Zur Mittagszeit sagte Vanim zu Zazá im Ton großer Neuigkeiten, **Der Deutsche war heute nicht bei der Arbeit,** was zwischen den Zeilen hieß, Siehst du?, nicht nur ich verspäte mich ab und zu, siehst du? Seine Frau wunderte sich, **Wie?, Der Deutsche? Da staunst du, Zazá, sogar der Deutsche ...**, und ließ den halb aufgegessenen Teller stehen. In der Küche traf sie Dusanjos, **Ist was passiert, Zazá?** mit großen Augen, **Nein, nein ... Wieso?**

Zé Pinto fand es lustig. Der riesige Mann, eins achtzig von den Fußsohlen bis zum Buckel, riesige, knorrige Hände, strohblond, Augen so blau wie der Himmel, und die winzige Frau, kurzer Hals, von der Sonne gegerbte Haut, glatte, schwarze Haare, Mandelaugen, Indianerin. Frisch verheiratet suchten sie eine Unterkunft. Der Vermieter bot ihnen drei Zimmer an, sagte die Miete, Wassergeld extra, und auch gleich, dass er die Arbeitskarte sehen wolle, **Damit es nachher keine Probleme gibt.** Die Frau schaute finster. Der Deutsche, kein Wort. Die Indianerin brummte **Ist gut. Er** (zeigte auf ihren Mann) **hat schon Arbeit in Aussicht.** Zé Pinto suchte Bestätigung, der Mann immer noch reglos. **Gut, Frau ... wie war der Name noch mal?, Dona Maria dos Anjos, normalerweise verlange ich die Papiere im Voraus. Er bringt sie nächste Woche. Aber ... Wenn bis dahin nicht alles in Ordnung ist, Schmeißen Sie uns wieder raus. Gut ... ist ...** und wieder suchte er Bestätigung bei dem Deutschen. Gab auf. **Ist gut ... Dona Maria dos Anjos ... ich zeige Ihnen die Wohnung. Aber ... nächste Woche.**

Noch vierzehn Tage lang war der Deutsche ohne Arbeit, er ging zur Indianerin, *Sie hat keine Ahnung, wen sie vor sich hat, Unverschämtheit!*, Er ist angemeldet bei der Fabrik, **Der Mann hat gesagt, nicht mehr lang und dann wird er eingestellt**, er schaffte es nicht, zu widersprechen.

Er redete mit seiner Frau, **So ein kleines Stück Mensch, Maria, und kommandiert so einen Klotz von Mann! Ist wahrscheinlich nicht richtig im Kopf,** so erklärte er es sich. **So ein Winzling,** wiederholte er, fand **Das geht mit dem Teufel zu.**

Nach einem Monat erschien Dusanjos mit demselben traurigen Blick in der Pinte, **Seu Zé, hier Donatos Papiere.** Er nahm das Dokument, überprüfte die Angaben, Ist in Ordnung ... Jetzt ist alles gut ... **Seu Zé, noch was, wir können erst bezahlen, wenn Donato sein erstes Geld kriegt. Wie bitte? Sind Sie verrückt? Das war so nicht ausgemacht! Aber es ist so, Seu Zé, wir haben kein Geld. Sehen Sie, Dona Maria dos Anjos, Geschäft ist Geschäft! O mein Gott, genau deshalb verhandle ich nicht gern mit Frauen! Ein Mann steht zu seinem Wort! Wo ist ihr Mann? Warum kommt er nicht, um mit mir zu reden? Er kennt sich nicht aus, mit solchen Sachen ... Er ist bisschen gutgläubig ... Alle nutzen ihn aus ... Und Sie sind eine ganz Schlaue, nicht wahr? Nein, mein Herr ... aber ich kann mit so etwas umgehen ...**

Als er mittags zurückkam, sah Marlindo einen Menschenauflauf vor der Gasse. Der Präsident, einigermaßen betrunken, erklärte, **Der Deutsche ist weg. Der Deutsche?**, und da fiel im wieder das Fahrrad ein, *Mein Gott, womöglich ...*

Auf einem Hocker in einer Ecke in der Küche, Dusanjos mit leeren Augen, umgeben von Nachbarn, Marlindo ging hin und flüsterte der Frau was ins Ohr, **Zulmira, was ist passiert? Der Deutsche ... ist scheinbar verschwunden ... war nicht in der Fabrik ... ist nicht zum Essen gekommen ... Das Fahrrad haben sie vor der Neuen Brücke gefunden ... Keiner weiß was, mein Gott! War einer schon bei der Polizei? Ja ... der Vanim ...**

Draußen peitschte der Regen die Wände, das Dach, den heraufziehenden Nachmittag.

Anfangs war der Deutsche das Gesprächsthema in der Gasse gewesen. Ein Faulpelz, ein Taugenichts in den Händen der Wilden, ein Schwachkopf. Später ein vorbildlicher Ehemann, der nie blaumachte auf der Arbeit, noch dazu Überstunden schob. Und nach Feierabend, anstatt zu trinken wie alle anderen, die Nacht durchmachte und alle Möbel im Haus selber baute, kein Laster. Und sonntags entweder daheim, um eine undichte Stelle zu reparieren oder Gemüse zu pflanzen, oder irgendwo draußen auf dem Acker. Nur seine trockene Art störte sie immer noch. Bei ihm gab es nur, wussten sie, guten Morgen, guten Tag, guten Abend, sonst nichts. Zé Pinto sprach, *Wenn ich doch nur solche Mieter hätte! Hat nie Ärger gemacht, der Kerl.* Dusanjos half mit, bügelte sieben Bündel Kleider in der Woche.

Die Polizisten begannen am Flussufer im hohen Gras zu suchen, nahe der Stelle, an der man das Fahrrad gefunden hatte.

Sandschürfer suchten ganze Abschnitte des Rio Pomba ab, ohne Erfolg.

Am Nachmittag ging dann das Gerücht, eine Arbeiterin der Manufaktur oder der Sackfabrik habe gesehen, wie etwas ins Wasser gefallen war, sie konnte aber nicht sagen, was, **Ich wäre gar nicht auf den Gedanken gekommen ...** erst als dann um zwei Uhr alle darüber, **Das ... heute Morgen ... war ... war also ... ach lieber Gott!**

Hilda versuchte Dusanjos zu überreden, ein Glas Zuckerwasser zu trinken, **Das beruhigt, trink.** Sie lehnte ab.

Am frühen Abend die Polizisten, **Wir haben nichts gefunden, Sie müssen einfach warten, bis er nach oben kommt ...**

Die Spinellis, eine Bande von Deutschen, einer sah aus wie der andere, waren in Rodeiro berüchtigt. Sie lebten auf Os Gomes, anderthalb Meilen im Feld draußen. Kamen nur sonntags in die Stadt zur Messe um sieben, trieben sich linkisch auf dem

Platz herum bis zum Abend. Donato, der Ältere, gab den Ton an auf dem Hof, er und der Vater. Stand früh auf, wusch sich das Gesicht, schlang einen Becher Milch-mit-Polenta herunter und schwang die Hacke über die Schulter. Die Kleinsten brachten das Mittagessen, zwei Töpfe voll. Kehrte am Abend nach Hause zurück, ausgelaugt, Batterieradio am Ohr, **Das nächste Lied ist für dich, unbekannter Zuhörer in der Ferne.**

Eines Samstags, die Familie saß um den Esstisch herum, sagte er. **Von Ti'Assunta der Zé hat gefragt, ob ich mitkomme zum Tanz in Ubá, nächste Woche.** Der Vater saugte an seiner Maiszigarette, spuckte auf den Boden, kratzte dem Hund am Kopf. Es gefiel ihm gar nicht, dass der Junge Gefallen an der Stadt finden und weggehen könnte, eine Hand weniger; doch er wusste, wenn er ihn nicht ließ, wäre es noch schlimmer. Frag deine Mutter. So war es immer: Wollte er sich nicht überreden lassen, war es die Mutter, die sagte *Ja, Junge, du darfst, aber pass auf dich auf.*

In der Woche darauf radelte Donato nach Rodeiro. Bei Tante Assunta wusch er sich Füße, Hände, Gesicht, schmierte sich Gumex in die Haare und zog seinen guten Anzug an. Mit dem Cousin dann zu Fuß nach Diamante zum Bahnhof, um den Güterzug zu nehmen. Sie gingen langsam, an einem Feld mit fast reifem Reis entlang, *Dieser Staub!* Der Cousin träumte Pläne, **Nächstes Jahr nach Ubá! Mutter besorgt mir Arbeit in einer Möbelfabrik.** Von einem vorbeifahrenden Pferdekarren fragte der Mann, ob sie mitfahren wollten. **Guten Tag! Tag! Geht's nach Diamante? Klar. Springt auf. Danke. Aus Rodeiro? Ja. Welche Familie? Spinelli. Spinelli aus Os Gomes? Ja. Ach Gott, dann seid ihr ja von hier!, Wohin soll's denn geh'n, wenn man fragen darf. Ubá. Den Fünfuhrzug? Ja. Der kommt nie um fünf ... Echt? Ja, halb sechs, Viertel vor. Was wollt ihr dort? Tanz. Tanz?, In Ubá? Warum das denn? Habt ihr noch nie vom Tanz hier in Diamante gehört?, Hier wird getanzt, da kann Ubá nicht**

mithalten, kommen Leute von überall her, Sobral Pinto, Astolfo Dutra, Dona Eusébia, sogar aus Ubá, könnt ihr mir glauben!, Da sind wir, Da hinten der Bahnhof! Wollt ihr nicht noch einen Kaffee trinken bei uns?, Meine Frau würde sich freuen.

Dusanjos kam schüchtern zum Tanzboden auf dem Kirchenvorplatz, zusammengebastelt aus Riesenbambus mit Palmdach, Donato beklommen, von all dem Raum, den er plötzlich beanspruchte in der Welt, **Junge, willst mich nicht auffordern zum Tanz**? Die Augen zu Boden geheftet, legte er ihr seine Hand auf die Schulter, sie drehten sich ungelenk zwischen Haaren und Hüten.

Von da an überwand er jeden Samstag den Weg zwischen Os Gomes in Rodeiro und d'Os Lopes bei Diamante, mit dem Fahrrad, zu Pferd oder zu Fuß. Dann die feste Liebschaft unter Laternenlicht in der Wohnstube eines Lehmhauses auf einem Hügel auf halbem Weg nach Sobral Pinto.

Am nächsten Tag tummelte sich noch vor Sonnenaufgang die Neugier auf der Neuen Brücke.

Der Bahianer kam, zog ein Schnapsfläschchen aus der Tasche, kippte sich einen Schluck in den Rachen, wischte sich mit dem Handrücken über den Mund, spuckte zur Seite und stieg die Uferböschung hinab. Aus der Hocke schaute er in die launischen Fluten des Rio Pomba, nahm noch einen Schluck und raunte, Jetzt also bin ich dran, *Du willst den Jungen nicht freigeben?, Macht nix, Dann komm' ich und hole ihn*. Stand auf, schätzte die Strömung, und welchen Weg eine Leiche wohl nehmen könnte, streifte Hemd und Hose ab, streckte die Muskeln, atmete tief ein und tauchte.

Zur Mittagszeit, leere Hände. Nachmittags neue Berechnungen, etliche Tauchgänge. Zum Angelusläuten zog er sich wieder an, scharte die Leute um sich und sprach, **Der Körper hat sich wohl irgendwo unten verfangen, noch**

ein Tag und er steigt auf. Oder nicht, dann will der Fluss ihn behalten. Dann geht es nicht anders. Es ist nicht das erste und wird nicht das letzte Mal sein. Ein Fluss ist wie ein Mensch: Setzt sich was in den Kopf, und das soll man dann verstehen!

Drei Nächte ohne Schlaf, drei Tage Suche, *Wie kann ein Mensch einfach verschwinden, mein Gott?, ohne eine Spur, Arbeit, Frau, ein ungetauftes Kind zurücklassen …* **Doktor, was soll ich tun, Doktor? Wir haben schon alles auf den Kopf gestellt, alles … Und nichts … Vielleicht … Vielleicht ist Ihr Mann … Ich habe so etwas schon erlebt … Da hat ihm eine gefallen … ein anderer Rock … und dann war er weg … Hä? Hab ich schon erlebt … Donato? Nein … Der doch nicht … Das würde er mir nie antun … Sie kennen ihn nicht …**

Der Regen fiel immer noch heftig auf die Quellen des Rio Pomba, bis Barbacena hin, nährte die Flut, die auf leisen Sohlen in der Nacht die Gasse überschwemmte. Die Bewohner hatten kaum Zeit, ein paar Habseligkeiten zu packen, Kleider und Vorräte, und sich auf die Straße zu flüchten. Im Gewühle fiel einem ein, **Wo ist Dusanjos, Mein Gott, sie liegt noch im Bett, sie ist dort geblieben!** Zito Pereira und der Präsident stürzten sich in das dreckige Wasser, vor die verschlossene Tür, **Dusanjos, Dusanjos, he!**, sie stand auf dem Bett, außer sich, José Batista im Arm, **Dusanjos, schnell raus! Lasst mich, ich will sterben! Nimm den Jungen, Präsident, ich nehme sie,** Zito Pereira griff die Frau, sie strampelte, schlug um sich, kratzte, **Lass mich los, lass mich los!**

Nach zwei Tagen ließ der Regen nach und das Wasser kehrte in das Flussbett zurück.

Dusanjos Vater ließ für die Hochzeit sechs Hühner von seinem Hof schlachten. Antônio Spinelli beteiligte sich mit einem mageren Ferkel und einer Fünfliterflasche billigem Rotwein.

Die einfache Zeremonie in der Kirche von Diamante, erinnerte sie sich, war ein Traum, noch heute konnte sie den Pater hören, rot im Gesicht und betrunken, mit seinem halbgaren Latein kämpfend. Vor der Tür kreppverziert ein Pferdekarren, ein halbes Dutzend Raketen. Im Hof des Lehmhäuschens wurde getanzt bis zum frühen Morgen. Tags drauf stiegen sie in den Bus nach Cataguases, in der Hoffnung auf Arbeit und ein besseres Leben. Sie einen Liter Fett im Gepäck und er das Versprechen, einmal eines der zwölf Stücke Land seines Vaters zu erben, von Erosion und Termiten gepeinigte Erde.

Seu Zé Pinto verfrachtete mit der Ausrede, eine Wand drohe einzustürzen und müsse gerichtet werden, Dusanjos in zwei Zimmer am Ende der Gasse, in Wirklichkeit aber aus Angst, dass sie die Miete nicht aufbringen könne. Doch sie war entschlossen: Es war José Batista gegenüber nicht richtig, dass sie sich weiter so hängen ließ, wie eine lebende Tote. Sie fing an, wieder zu waschen, kochte für zwei Frauen von der Insel, nahm ein Ferkel zur Mast auf. Doch wenn die Gasse in die Nacht tauchte, bekam sie kein Auge zu. Sie hörte das Zirpen der Grillen, das Quaken der Frösche, das Rauschen der Stromschnellen und war wieder das Mädchen, das auf ihrer Springfedermatratze von einem anderen Leben träumte, weit weg von dem Acker, den sie so hasste, der ihre Hände anschwellen ließ, schwarz vom Tabakrollen, so würde sie nie einen Freund haben, die Fußsohlen schorfig, mein Gott, wieder die Traurigkeit, das Gefühl des Alleinseins, wenn sie doch wenigstens wüsste, was geschehen war, aber nein, niemand wusste etwas, sie wachte auf, draußen Schritte, *Das ist er!*, ihr Herz schlug schneller, eine Tür ging auf, Stille, Einsamkeit, Stunden, in denen sie glaubte, wahnsinnig zu werden, sie konnte Donatos Nähe »spüren«, wie er am Nachmittag kam, sein Fahrrad in die Wohnstube stellte, sich auf die Küchenbank setzte und sagte *Dusanjos, Dusanjos*, he, und sie kam, füllte eine Aluminiumschüssel mit warmem Wasser, und er fragte, während er seine Stoffschuhe abstreifte, *Wie geht es dem Jungen, Dusanjos?*, sie hockte sich hin, um ihm die Füße zu waschen, *Gut war sein Tag, er denkt nur ans Nuckeln. Der gute Bub!*, hatte er da geantwortet und sich Hände und Gesicht eingeseift. Ach, sie wollte sterben und wollte doch nicht. Wo er wohl sein mochte? *Gott, lass dieses Leid schnell vorbei sein!*

Hilda, **Dusanjos, du musst etwas tun, sonst verlierst du noch den Verstand. Du bist doch noch jung ...** Drängte so oft, dass sie schließlich nachgab. Sie legte José Batista schlafen, in der Obhut von Dona Zulmira, dann gingen sie gemeinsam zu Senhor Antero. Durch einen Flur in eine geräumige Küche, in der er und seine Frau, Dona Arminda, an einem riesigen Tisch schon auf sie warteten. Das Paar war im Viertel bekannt als Betreiber des spiritistischen Zentrums Bezerra de Menezes und verteilte an Weihnachten Spielzeug an arme Kinder, **Kann ja nicht schaden,** hatte Hilda gesagt. Sie setzten sich, Herr Antero stellte vor sich ein Glas Wasser, legte daneben einen Bleistift, Papier und das Evangelium der Spiritisten. Er löschte das Licht. **Lasst uns beten,** sagte er mit gefalteten Händen. Er nahm das Buch und öffnete es, Kapitel XXV, »Suchet und ihr werdet finden«. **»Bittet, und es wird euch gegeben; sucht, und ihr werdet finden; klopft an, und man wird euch öffnen; denn jeder, der bittet, empfängt, und wer sucht, der findet, und der anklopft, dem wird geöffnet ...«** Er machte eine Pause, erklärte den Abschnitt aus Sicht der Doktrin von Alain Kardec, bat mit geschlossenen Augen, sie möchten sich konzentrieren und hob an zu einer nicht enden wollenden Litanei, die eintönig gemurmelten Worte drangen in Dusanjos Ohren, und nach und nach spürte sie ihren Körper kribbeln, erschlaffen, Benommenheit, Schwindel, seltsam ... Da nahm Herr Antero wie im Schlaf seinen Bleistift und kritzelte heftig auf dem Papier herum, davon wachte Dusanjos auf und lugte erschrocken durch halb geschlossene Lider, sie hoffte, dass schnell alles vorbei sei und sie fortgehen könne und nachsehen, wie es José Batista ging, und was, wenn er aufwachte?, er würde fremdeln mit Dona Zulmira, das arme Kind ...

Es war schon nach zehn, als sie hinausgingen. Dusanjos hielt in der Hand eine psychographierte Botschaft, Bisweilen erheben wir uns gegen das Schicksal, halten unser Unglück für ungerecht, doch alle unsere Unbilden sind Stufen, die es zu überwinden gilt auf unserem Weg zur Vollkommenheit, **Hat es dir gefallen, Dusanjos? Nicht schlecht, Hilda.** Doch sie wollte Antworten, und Antworten, hatte Senhor Antero gesagt, kann niemand geben. **Nur Gott in seiner unendlichen Barmherzigkeit. Nimm etwas von diesem Wasser. Aber Herr Antero, ich wollte doch nur wissen, ob Donato lebt, mehr wollte ich nicht ... Und das kann mir niemand sagen. Die Polizei sagt, er hat sich umgebracht ... In der Fabrik sagen sie, ohne Todesurkunde ist nichts zu machen ... Ich weiß gar nichts mehr, lieber Gott, gar nichts ...**

In einer Septembernacht, vier Tage nach José Batistas zweitem Geburtstag, wurde die Tür zur Wohnstube aufgestoßen. Dusanjos schreckte aus dem Schlaf hoch, ihr Herz raste, sie setzte sich auf, **Bist du es, Donato?**, ihre Beine wie Blei, **Wer ist da?**, der Wind leckte über das Dach, **Donato?** Sie fasste Mut. Durch die Dunkelheit tastend fand sie die Tür ihres Zimmers, ließ ihren Blick durch die Wohnstube schweifen, nichts, das Haus leer, **Ist da jemand?**, sie holte tief Luft, ging hinaus auf die Gasse, schaute sich nach allen Seiten um, wieder Stille, Dunkelheit, klarer Himmel. Sie bekreuzigte sich, kehrte um, verrammelte die Tür, deckte das Kind zu, legte sich wieder und versuchte, zu schlafen, doch am Morgen war sie immer noch wach. Sie erzählte es Bibica, **Mein Kind, es ist ernst, ich werde mit Sá Ana reden**, die als Hexe bekannt und berüchtigt war, uralt, weißes Kraushaar wie eine Krone über dem runden Gesicht, ohne Freunde, gesprächig erst recht nicht, aber immer bereit zu einem Gebet gegen den bösen

Blick. Zu ihr gingen Frauen, die ihrem Mann misstrauten, Liebende, die ihren Freund an sich binden oder loswerden wollten, Männer auf der Suche nach einem Trunk, der ihnen wieder Kräfte verleiht.

In einer stickigen Nacht stiegen Dusanjos und Bibica Arm in Arm langsam die Stufen zu Sá-Anas Haus herunter, zwischen Efeu, der sich die Wände hochrankte. Rachitische Guavenbäume grenzten die Terrasse zu einem heruntergekommenen Garten ab, trockene Rosen von Unkraut umrankt, ein Dickicht von Rosmarin, Wermut, Phyllantus, Boldosträuchern, Jurubeba, Fenchel, Zuckerrohrkraut, Desmodium, Zyperngras, Tausendgüldenkraut, Senna, Marcela, Pfefferminze, Buschbasilikum, Zwergbasilikum, Ingwer, Panacea. Bibica, **Sá-Ana, Hallo Sá-Ana! Sie ist schon arg schwerhörig, die Arme, Sá-Ana, hallo Sá-Ana!** Sie fanden sie hinter dem Haus, in einem Stuhl an der frischen Luft. **Sá-Ana? Bibica, mein Kind! Sá-Ana, ich bringe Dusanjos ... von der ich erzählt habe. Ah, die? Es tut mir leid, eine Tragödie, Kind!** Sie stand auf, **Diese Hitze, mein Gott, Au, mein Rücken!** Sie schleppte sich zu einem kleinen Verschlag, am Eingang eine riesige Gipsstatue, ein Alter mit Pfeife, Weihrauchgeruch. An den rohen Wänden zwei Bilder, das Heilige Herz Jesu und Iemanjá. Auf dem kleinen Altar, ein Tisch mit einem geklöppelten Deckchen darauf, eine Vase mit Weinraute und Petivera, ein Schälchen Zuckerrohrschnaps, fünf Glasperlenketten. **Warte kurz, ich gehe nur hoch und hole ein paar Sachen.** Barfuß, in einem weißen Kleid mit weitem Rock, kam sie zurück. Bibica und Dusanjos sahen im Stehen zu, wie sie Grußformeln murmelte, unverständliche Worte, die sichere Bewegung ihrer Hände und Füße. Nach und nach schwoll ihr Singen an, das Klatschen ging schneller, sie kreiste und kreiste und kreiste, bis sie plötzlich erschöpft von dem Zuckerrohrschnaps trank und sich entrückt auf einen Hocker fallen ließ. Jetzt war sie nicht mehr Sá-Ana, sondern eine andere: die schwarze Haut nun viel heller, die krausen

Haare nun glatt, erst erschöpft, nun mit Lachfalten. **Sie ist Tante Joana**, flüsterte Bibica. Tante Joana rief sie zu sich. Berührte ihre Schultern mit einem Weinrautezweig, sagte, sie sollten sich bei ihr niederlassen. Dann nahm sie noch einen Schluck Zuckerrohrschnaps. **Was hat denn das Mädchen? Die Hübsche! Mein Mann, Tante Joana, es heißt, dass er sich in den Fluss gestürzt hat ... Aber niemand konnte ihn finden ...** Dann brach sie in Tränen aus. **Ach komm, Mädchen, warum denn weinen?, Das musst du nicht, he, he, he, Schau her, Mädchen, vergiss, Wenn du gar nicht mehr daran denkst, wird alles anders ... Kommt er zurück, Tante Joana? Also, er ... er lebt? Mein Kind, was man wünscht, wird geschehen.**

Dusanjos blühte auf. Putzte das Haus wieder sorgfältig, badete José Batista in Seife, **Bibica, er kommt zurück! Das ist es doch, was Tante Joana gesagt hat? Er kommt zurück!** Fegte mit dem Besen über die Dachsparren, um die Spinnweben zu beseitigen und Staubflusen, kaufte einen Sack Kalk für die Wände, **Er kommt zurück, Bibica! Dusanjos, Tante Joana hat gesagt, dass du vergessen sollst ... Also vergiss ...** Wie denn vergessen? Donato würde zurückkommen, und sie hatte so viel zu erzählen, *José Batista hatte nicht anfangen wollen zu sprechen, alle sagten, der Junge hat ein Problem, Dusanjos, geh mit ihm zur Gesundheitsstation, aber sie wusste, er kommt nach dem Vater, redete nicht viel, und eines Tages wachte er auf und redete, über alles, das hätte man sehen müssen, und wie intelligent!, man soll ja nicht angeben, aber he, was für ein schlaues Köpfchen!, im Kopfrechnen besser als ich!*, und sie wusch und bügelte die ganze Nacht, ohne Schlaf.

Ein Jahr danach ließ sie sich von Marlindo zum Gottesdienst des evangelikalen Kreuzzugs mitnehmen. Das Klatschen, die Hymnen, die Predigt des Pastors Namir, und sie konvertierte. Auf der Kanzel, das Mikrofon in der Hand, wurde sie Vorbild,

Erzähle uns von dem Wunder, das dir geschah, Schwester, brüllte sie, **Ich war blind und taub, doch Christ-Jesus hat mich erleuchtet (Halleluja, Brüder und Schwestern!), Ich ging zu spiritistischen Sitzungen und zur Umbanda, Gott hat mich gerettet (Gott sei gedankt!), Ich habe meinen Mann verloren, mein Leben war nur noch Sorge, das Blut Christi hat mich befreit von der Last (Halleluja, Brüder und Schwestern!), Nun bin ich gerettet, denn ich habe auf den rechten Weg zurückgefunden (Lob sei dem Herrn!).** Nach seiner Taufe steckte sie José Batista in die Sonntagsschule. Pastor Namir erklärte, Donato habe die größte der Sünden begangen, **Sich das eigene Leben zu nehmen!, Nur Gott hat die Macht über Leben und Tod! Ach, Pastor, die Wahrheit war immer hier, nebenan im Haus unseres Bruders Marlindo, ich war nur nicht in der Lage, zu sehen und zu hören. Schwester, es steht geschrieben. Prediger 3,1, »Ein jegliches hat seine Zeit, und alles Vornehmen unter dem Himmel hat seine Stunde.«** Das war ihr Leben, jeden Abend mit Gleichgesinnten in der Schlacht um das Gute, beständig im Kampf gegen die Listen des Dämons. Es machte sie froh, den Teufel am Ende des Kampfes geschlagen zu sehen, wie sie Rasierklingen spuckten und andere Glasscherben, in fremden Zungen sprachen oder, Wunder über Wunder, in der Kirche auf Krücken erschienen und geheilt wieder hinausgingen, **Gott sei gepriesen! Halleluja!**

Und noch zwei Jahre später, Sonntagnachmittag, spülte sie gerade am Becken das Mittagsgeschirr, war spät dran, musste sich noch waschen, zurechtmachen für den Besuch der Gebetsgemeinschaft für die Kranken in der Gesundheitsstation, als sie Tumult hörte. Sie wischte sich ihre Hände an der Schürze ab, wollte gerade hinausgehen, um nachzusehen, was los war, und stieß fast mit Dona Olga zusammen, die bleich, atemlos hereingestürmt kam. Erschöpft lehnte sie am Rahmen der Küchentür, bat um ein Glas Wasser mit Zucker.

Was ist los, Dona Olga? Was ist passiert? Du wirst es nicht glauben, Dusanjos! Ist was mit José Batista passiert? Los sprich schon, du Elende! Nein, Dusanjos ... (sie schnappte nach Luft) **Der Deutsche ... Der Deutsche ist ... lebt ... Lebt? Wie ... wie können Sie ... sich sicher sein? Er ... Da kommt er!**

Das Geheimnis

I.

Bach oder Beethoven?, fragt sich der Professor, die Augen halb geschlossenen, in seinen ausgeblichenen grünen Wildledersessel gezwängt, in einer Ecke des Raums strategisch aufgestellt zwischen Bücherregal und Musiktruhe. Seine Hände begleiten den ekstatischen Rhythmus der Egmont-Ouvertüre, einen imaginären Taktstock in der Rechten, dirigieren seine Hände das Orchester. Beethoven! Oder Bach? Erhaben breitet sich die Musik aus, dringt durch die Ritzen der Dachziegel und reicht durch die Zweige des Mangobaums hindurch bis zum Himmel. Ein Blitz schreckt die Nacht auf, ein Donner explodiert. Regengeladener Wind fegt über den Hof, dringt ungebeten ins Haus. Der Professor hört nicht den Donner und spürt nicht den Wind. Und bemerkt auch Minuten danach nicht, wie erste Regentropfen aufs Dach trommeln. Noch ein Blitz, noch ein Donner. Die Wände erbeben, der Professor erschrickt, reißt die Augen auf, und mit einem Sprung ist er auf den Füßen, schließt die Fensterläden, *Eine Tragödie, mein Gott, welche Tragödie!*, nimmt die anderen Zimmer in Augenschein. Das Regenwasser fließt durch die Rinne, schießt im Schwall auf den Vorplatz. Der Wind zaust die Bäume, als wolle er sie ausreißen. Die Platte ist zu Ende, der Tonarm fährt zurück. Stille. Das Tosen des Unwetters umgibt ihn. Plötzlich fällt die Stromspannung ab, die Lampe blinkt, geht fast aus, blinkt wieder, leuchtet wieder normal. *Ist es die Möglichkeit? Jetzt fehlt nichts mehr, nichts mehr!* Seine Schultermuskulatur versteift sich wieder, sein rechtes Augenlid zuckt in einer unfreiwilligen, lästigen Regung. Der Professor geht zur Garderobe, betrachtet sich im Spiegel, zieht die Krawatte fest, streicht das Jackett glatt, fährt sich mit langen, knochigen Fingern durch das graue Haar, es klopft, sein Herz gerät aus dem Takt, kleine Schweißperlen verteilen sich über die kahlen Stellen, im Magen ein leeres Gefühl. Seine Hände verlieren den Halt. Nervös legt er eine neue Schallplatte auf.

Die Violine der Sarabanda aus Bachs Partita II spielt verzweifelt gegen das Tosen an. Es klopft an der Tür, heftig. Seine Schuhe schlurfen schwerfällig über das gebohnerte Parkett. Es pocht, hämmert gegen die Tür. Sein Mund ist trocken, sein Hals brennt. *Ich muss ausruhen, muss schlafen, mein Gott, schlafen.* Er dreht den Türknauf, das Licht geht aus, der Wind peitscht in sein Gesicht, ein Blitz schneidet über den Kohlehimmel, fünf – der Donnerschlag – Blei krallt sich schwer in seinen Körper, jemand entfernt sich, patscht mit den Füßen durch die Pfützen, die Dunkelheit, das Licht kehrt zurück, eine Schwefelwolke, Blutspuren, die Musik ...

II.

Bach! Oder Beethoven?, fragt sich der Professor, die Augen halb geschlossen, in seinen ausgeblichenen grünen Wildledersessel gezwängt, in einer Ecke des Raums strategisch aufgestellt zwischen Bücherregal und Musiktruhe. Seine Hände begleiten ekstatisch den Rhythmus der Egmont-Ouvertüre, die Hände dirigieren, einen imaginären Taktstock in der Rechten, das Orchester. Beethoven! Oder Bach? *Es klopft.* Klopft noch einmal. Der Professor geht langsam zur Garderobe, betrachtet sich im Spiegel, zieht die Krawatte fest, streicht sein Jackett glatt, fährt sich mit langen, knochigen Fingern durchs Haar.

Er öffnet die Tür: »Guten Tag ... Sie sind sicher die ...« Er drückt sich rückwärts gegen den Türrahmen, um das Paar Turnschuhe aus altem Marineblau durchzulassen, die Stofftasche aus gebleichtem Sackleinen, die Griffe mit roten Stickereien verziert und von ruinierten Vogelhänden umklammert, die fremden, forschenden, essigfarbenen Augen, einen Körper, der sich kaum unter dem Kleid aus grobem Leinen abzeichnet. *Wie anfangen?* »Mein Beileid.« Das Mädchen, die junge Frau, schaut zu Boden.

Der Professor lehnt sich ans Fenster, atmet das Metylenblau des lauen Sonntagnachmittags ein und sagt:

»Es wird wohl regnen nachher ...«

III.

»... sich mit mir einig sein, dass es sich hierbei um eine, sagen wir, Situation handelt, die absolut ...

quälend Das Böse

Von seinem Stuhl aus beobachtete der Professor verstohlen ein Spatzenpärchen, das auf der Fensterbank spielte. Vor ihm ein riesiger Tisch aus Jacarandá-Holz, von einsamer Leere geschmückt und einer kleinen griechischen Gipsbüste. An der Wand ein Holzkruzifix.

»... und die Vorkehrungen ...«

erforderlich durch Das Böse dringt in unser Haus

der Direktor, Guaraciba dos Reis, hatte in der Rechten ein Tuch, das er ununterbrochen zur Stirn führte. Ging erregt auf und ab, streute Worte in den Raum.

Der Professor beobachtete verstohlen ein Spatzenpärchen, das auf der Fensterbank spielte.

die Straße Sie wird schon sehen Schuld wer Am Ende werde ich eine Die Prüfungen heute Welcher Tag ist Ah ist noch Zeit Alternativen aufzeigen Das Böse verfolgt uns

»... des Kollegiums ...«

oder wir sind diejenigen die

»Ausschluss aus dem Kollegium?«

IV.

6 Uhr – Der Professor erwacht, kniet sich vor die kleine, bläulich schimmernde Nische, in der ein Bildnis von St. Josef dem Arbeiter ruht, sein Schutzheiliger. Nachdem er das Glaubensbekenntnis und das Vaterunser aufgesagt hat, geht er in den Hof, um sich am Waschzuber das Gesicht zu waschen und die Zähne zu putzen. Dann geht er zurück, zieht einen seiner fünf Anzüge aus Tergal an, die sich in Farbe, Alter und Schnitt auf das Haar gleichen.

6:10 – Dona Conceição tritt durch die Küchentür, facht das Feuer an, bringt einen Kessel Wasser zum Kochen und stellt den Kaffeetopf auf. Währenddessen breitet sie das karierte Tischtuch über den Tisch, stellt darauf Butterdose, die Tasse, die Milchkanne und den Korb mit zwei Brötchen, die sie frisch an der Ecke gekauft hat.

6:20 – Der Professor geht in Richtung Küche, hält vor der Garderobe inne, betrachtet sich im Spiegel, zieht den Krawattenknoten fest, streicht das Jackett glatt, fährt sich mit seinen langen, knochigen Fingern durchs Haar, »Guten Tag, Dona Conceição«, setzt sich zu Tisch, nimmt eines der Brötchen, teilt es in zwei Hälften, bestreicht sie mit Butter, gibt Milch in die Tasse und etwas Kaffee.

6:30 – Er steht auf, geht zum Bücherregal, greift nach der abgegriffenen Ledermappe und überquert erhobenen Hauptes den Vorplatz. Auf der Straße lenkt er seine entschlossenen Schritte in Richtung Oberschule.

6:55 – Er tritt ins Lehrerzimmer, schaut in sein Fach, legt sein Material für den Tag zurecht, geht die Anwesenheitslisten durch, begrüßt höflich seine Kollegen. In der Toilette zieht er vor dem Spiegel den Krawattenknoten fest, streicht das Jackett glatt, fährt sich mit den langen, knochigen Fingern durchs Haar und geht die Rampe hinauf zur ersten Schulstunde des Tages.

12:10 – Zurück im Lehrerzimmer zieht er sein Jackett aus und hängt es über einen Stuhl. Auf der Toilette wäscht er sich die Hände, um das Kreidepulver zu entfernen, das Gesicht, kämmt sich die Haare, zieht den Krawattenknoten fest. Dann schüttelt er das Jackett aus und zieht es wieder an.

12:20 – In der Kantine beugt er sich über einen Teller

mit Essen: Reis, Bohnen, Blattsalat und Tomaten, Rinderfilet. Schließt die Augen, dankt Gott und kaut langsam sein Essen. Nimmt einen Schluck Mineralwasser ohne Kohlensäure. Putzt sich die Zähne, zieht den Krawattenknoten fest, streicht sein Jackett glatt, fährt sich mit den langen, knochigen Fingern durchs Haar.

13 Uhr – Die erste Nachmittagsstunde.

17:30 – Er geht nach Hause zurück.

17:55 – Er rasiert sich, duscht, zieht einen Pyjama an, isst das Abendessen, das Dona Conceição bereits hingestellt hat. Wenn Prüfungen geschrieben wurden, korrigiert er sie, wenn Aufgaben anstehen, schreibt er sie auf, fällt nichts an, setzt er sich in seinen ausgeblichenen grünen Wildledersessel strategisch zwischen Regal und Musiktruhe, lässt sich einnehmen von der Musik ...

21:30 – Er geht zu Bett, löscht das Licht, betet das Glaubensbekenntnis und das Vaterunser und schläft.

Ausnahmen

Dienstag – Nach der letzten Schulstunde geht er zur Rua do Comércio und trifft sich dort mit Geraldo von der Apotheke. Hilft ihm, die Stahltüren zu verrammeln, dann gehen sie gemeinsam zur Praça Rui Barbosa, wo sie vor der Elite Bar unter jahrhundertealten Johannisbrotbäumen reden bis um neun Uhr.

Donnerstag – Gleich nach dem Mittagessen geht er in die Redaktion der Zeitung *O Cataguases* in der Avenida Astolfo Dutra und liefert Doktor Divaldo Sobrinho seinen wöchentlichen Beitrag, einen Artikel, eine Glosse, ein Gedicht. Und der Nachmittag verrinnt.

Samstag – Er bleibt im Bett liegen und liest bis halb elf. Dann steht er auf und rasiert sich, nimmt ein Bad und geht zu Fuß bis zur Elite Bar, Feijoada essen. Geht dann nach Hause zurück, hört Musik bis um fünf und geht um sechs in die Messe in der Pfarrkirche Santa Rita de Cássia. Im Cine Machado schaut er sich anschließend unerkannt einen Film an, irgendeinen in der Vorstellung um halb neun.

Sonntag – Um sieben Uhr ist er bereits in der St.-Josef-der-Arbeiter-Kirche in Vila Minalda. Um zehn Uhr leitet er eine Jugendgruppe in der Pfarrkirche Santa Rita de Cássia. Isst zu Mittag in der Elite Bar, streift ein wenig durch die Gegend, bis dann Zeit ist, nach Hause zu gehen. Nachmittags breitet er eine Matte auf dem Hof aus und schläft bis um sechs. Danach etwas klassische Musik, ein gutes Buch ...

V.

Sarabanda, Partita II für Violine d-Moll (MWV 1004), des deutschen Komponisten Johann Sebastian Bach, 1685 in der Nähe von Eisenach geboren und 1750 in Leipzig gestorben. Erblindet.

Egmont – Ouvertüre (Opus 84) des deutschen Komponisten Ludwig van Beethoven, geboren 1770 in Bonn und 1827 in Wien gestorben. Gehörlos.

VI.

Der Professor blickte auf, »Bitte?«, das Mädchen hielt inne, lauschte dem Nachmittag und fragte drängend: »Sie, ein belesener Mann, wissen so viel ... sind Sie ... sind Sie ...«

Glücklich? Der Professor klappte das Buch zu, den Zeigefinger als Lesezeichen, schleppte sich bis zum Fenster, die schwüle Hitze erdrückte die Pflanzen, *Glücklich?*

VII.

So träumte er seine Beerdigung: ein Sonntagnachmittag (er würde an einem Samstag sterben, damit sich niemand von der Arbeit frei nehmen müsste), blauer Himmel, keine Wolken. Nur wenige Menschen im Trauerzug (er legte keinen Wert auf Menschenmassen, Tränen, Verzweiflung, nichts dergleichen). Doktor Divaldo Sobrinho und der Apotheker Geraldo gehen voran, tragen den Sarg mit festem Griff, von zwei Kollegen aus der Schule unterstützt. Dahinter zwei städtische Angestellte, einer trägt einen batteriebetriebenen Schallplattenspieler, der andere eine Schallplatte. Nach dem Aufstieg kommt die Ebene des Friedhofs. Ein Veilchenbaum spendet dem von ihm ausgewählten und in erträglichen Raten abbezahlten Stück Erde Schatten. Unten ruht unschuldig die Stadt. Neben dem Grab wird der Sarg abgestellt und auf den Betonsockel der Batterieplattenspieler. Die Schallplatte wird feierlich aus der Hülle genommen. Stille. Der Apotheker Geraldo schaltet den Apparat ein. Die Musik überlagert alles: umarmt bewegend die umliegenden Gräber, ignoriert Marmorsteine und zerfallene Kreuze, umschmeichelt die Arbeiter, die Überstunden machen in der Fabrik, umspielt Burschen und Mädchen, die sich sorglos im Schwimmbecken des Ruderklubs vergnügen, dringt in Autos und Busse, die von der Landstraße Rio-Bahia durch Vila Minalda fahren, wiegt die Alten, die in Schaukelstühlen unter den Mandelbäumen der Vila Teresa schlummern, schmiegt sich an die Kinder, die auf dem Feld von Brasil Fußball spielen, erfreut sich an Liebenden, die sich ins Wäldchen oder an die Ponte do Sabiá geflüchtet haben, begleitet aus noch weiterer Ferne die Frauen, die Holz sammeln zum Kochen und Wäschewaschen, weit draußen in Richtung Camargo ... Die Stille. Und dann beginnt Doktor Divaldo Sobrinho Lobeshymnen auf den Toten anzustimmen, in einer Rede voller lateinischer Ausdrücke und Bildung. Langsam setzt der Totengräber die Steine und verschließt das Fach.

Doch welche Platte soll sich auf dem Teller drehen? Bach oder Beethoven? Die Sarabanda Partita II für Violine d-Moll? Oder die Egmont-Ouvertüre?

Eilig überquert der Professor die Alte Brücke.

VIII.

Der Professor erwachte, kniete sich vor die kleine, bläulich schimmernde Nische, sagte Glaubensbekenntnis und Vaterunser auf, ging in den Hof, um sich am Waschzuber das Gesicht zu waschen und die Zähne zu putzen, ging wieder hinein, zog seinen Anzug an, ging zur Küche, hielt vor der Garderobe, betrachtete sich im Spiegel, zog den Krawattenknoten fest, strich das Jackett glatt, fuhr sich mit langen, knochigen Fingern durchs Haar und wunderte sich über die Stille. Er ging in die Küche und *Wo steckt Dona Conceição?* setzte sich schweigend an den leeren Tisch. In fünfzehn Jahren war es das erste Mal, dass die Hausangestellte nicht pünktlich war. Er aß, zuckte mit den Schultern, *Was soll man machen?* zog die Tür zu und ging in die Schulkantine zum Frühstück. Um fünf vor sechs kam er nach Hause zurück und stellte enttäuscht fest, dass die Frau gar nicht zur Arbeit erschienen war. Wenn er essen wollte, musste er in die Elite-Bar gehen, *Wie lästig! Ob ihr etwas zugestoßen ist? Ach was, diese Leute!, sie versuchen es immer wieder Und nun, was soll ich essen? Mal seh'n Und wenn*

Am nächsten Tag wachte er auf, kniete sich vor die kleine, bläulich schimmernde Nische, sagte Glaubensbekenntnis und Vaterunser auf, ging in den Hof, um sich am Waschzuber das Gesicht zu waschen und die Zähne zu putzen, ging wieder hinein, zog seinen Anzug an, ging zur Küche, hielt vor der Garderobe und betrachtete sich im Spiegel, *Und Dona Conceição?* »Dona Conceição! He, Dona Conceição!« Stille. *Das kann doch nicht sein!* »Dona Conceição!« Die leere Küche ärgerte ihn zutiefst. Unzuverlässige Leute! Er nahm die abgewetzte Ledermappe, *Wenn ich sie hinauswerfe, ist das Gejammer groß Genug Leute da draußen Tut einem leid Ehrliche Frau Aber so nicht*, und stapfte hinaus. Auf der Straße stieg ein Mann von seinem Fahrrad und kam auf ihn zu, »Professor!« Er erschrak und ging schneller. »Professor! Sie sind doch der Professor, nicht wahr? Ich bin der Nachbar von Dona Conceição ...« – »Ah!« Er hielt an. »Sie sind doch der Professor, nicht wahr? Na also! Wusste ich es doch! Ein Mann wie sie, so, konnte ja nur ... Es ist so, Dona Conceição wohnt ja da in der Gasse von Zé Pinto, Sie wissen ...« – »Ich weiß, ich weiß« – »Die Arme, sie hat da was, konnte nicht arbeiten kommen, gestern, und heute auch nicht ...« – »O mein Gott! Aber was hat sie?« – »Eine Kleinigkeit ... Machen Sie sich keine Sorgen ... Montag ist sie wieder da, sagt sie, so Gott will ...« – »Also nichts Ernstes, oder?« – »Nein ... Glaube nicht ... Sie lässt sogar fragen, ob Sie Wäsche zu waschen haben. Wenn sie haben, müssen Sie es nur sagen, ich nehme sie mit, Dona Zulmira kümmert sich ... Ordentlich ...« – »Nein, nein ... Montag ist sie also zurück?« – »Montag, so Gott will ...« – »Wie war noch mal Ihr Name?« – »Vanim. Vanim stets zu Diensten!« – »In Ordnung, Herr Vanim, ich bin schon spät dran ... Wir machen es so ... Richten Sie Dona Conceição aus, dass ich ... ihr gute Besserung wünsche .... Und ... wer weiß ... Gut ... Und, dass ich sie dann Montag erwarte ...« Vanim setzte sich auf den Sattel des grauen Gulliver-Fahrrads. »Jedenfalls vielen Dank, Herr ...« – »Vanim. Vanim stets zu Diensten!« Der Professor machte sich auf den Weg. Vanim fuhr ein paar Meter und hielt noch einmal an. »Soll ich Sie mitnehmen? Setzten Sie sich auf den Gepäckträger, ich nehme Sie mit ...« – »Nein, guter Mann, vielen Dank.« – »Wie Sie wollen ... Falls Sie was brauchen ...« Und verschwand in der Dunkelheit.

IX.

»Man sagt, mein Großvater sei ein riesiger Mann gewesen, ein grober Pretti, der sogar den Tod noch auf seinen Schultern trug ... sagt man ... Ich habe ihn nie kennengelernt ... Meine Großmutter, eine mit dem Lasso eingefangene Indianerin, von hinter der Serra da Onça ... Keine Ahnung ... Geschichten ... Sie lebten auf einem kleinen Stück Land in der Nähe von Rodeiro, Bagagem, die Gegend. Sie hatten einen ganzen Stall Kinder. Als mein Großvater starb, teilten sie das Land auf, ein Stückchen für jeden. Und sofort gaben alle ihr Stück Land weiter, nur mein Vater blieb ... War schon verheiratet ... Jedes Jahr ein Kind. Elf insgesamt ... Sieben haben überlebt ... Wir pflanzten Mais, Tabak, Reis, ein Gemüsegarten. Auf der Wiese ein paar Milchkühe ... ein schläfriger Bulle ... Hinter dem Haus frei laufende Hühner, Enten, Schweine ... Mein Vater war Analphabet, meine Mutter auch, Gott habe sie selig. Ein Hinterwäldler, nicht einfach, immer misstrauisch ... Kam nur sonntags aus seinem Loch, wenn er mit uns zur Messe fuhr. Meine Mutter und die Kleinen fuhren auf dem Pferdekarren, die Größeren mit dem Fahrrad. Ein Ereignis! Wir waren arm, richtig arm!, aber Essen hat nie gefehlt auf dem Tisch – hartes Brot: Reis, Bohnen, Polenta, Gemüse ... Fleisch sonntags zum Mittag ... Dummes kleines Leben, ereignislos ... Und doch waren wir glücklich! Ja, glücklich, denn Glück ist Unbedarftheit ... Wer nichts kennt, freut sich des Lebens. Wissen ist die Schlange, die wir nähren, damit sie uns beißt ... Die Mauer, die uns für immer vom Glück fernhält ... Ach, was waren wir glücklich damals! Mein Vater versteckte sich hinter seiner Humorlosigkeit ... Mir schien immer, als sei es sein einziges Ziel, gut auf die andere Seite zu kommen und zu hoffen, dass nichts Besonderes dazwischenkommt und alles bald vorüber ist ... Die Kinder waren Teil dieser Abmachung mit Gott, so vergänglich wie Regen im Sommer und Kälte im Winter. So wie der Mais blüht oder die Reiskörner schwer werden, kommen die Kinder. Und so wie man Reis sichelt und der Mais vom Kolben gestreift wird, zieht man auch Kinder groß ... Nie sah ich meinen Vater mit jemandem plaudern. Mit uns sprach er nur, wenn es unbedingt sein musste, eine Anweisung, eine Zurechtweisung, denn er glaubte verzweifelt, die Dinge gingen ohne sein Eingreifen voran. Meine Mutter war da, wenn auch ebenfalls schweigsam, ein wenig freundlicher. Abends, erinnere ich mich, wenn wir uns in der Küche herumdrückten und auf das Essen warteten, nährte ihr Singsang die Flamme der Petroleumlaterne: Kleinigkeiten aus ihrem Alltag. Heute hat der Veludo – Veludo war unser Hund, ein schwarzer Mischlingsköter, das einzige Lebewesen, das von meinem Vater wenigstens etwas Wertschätzung erfuhr –, der Veludo hat heute eine Lanzenotter gestellt, die dort in der Nähe des Hühnerstalls auf der Lauer lag ... Den Kopf schon erhoben, bereit, zuzuschlagen ... Ich habe mich so erschrocken, mein Gott! Und strich sich über den Bauch, sie war doch immer schwanger. Heute ist Esmeralda – oder Isabel – über den Vorplatz gekrabbelt, ich habe es nicht gesehen ... Als ich es gemerkt habe, war sie schon weit ... Morgen beginnen die Novenen ... Diesmal geben wir uns aber Mühe, hört ihr! Meine Mutter ... ist früh gestorben ... zu früh ... Eine große Seele! Gott gebe ihr einen guten Platz! Unser Vergnügen waren die Samstage. Nachmittags spielten wir Fußball irgendwo im Gelände. Wir kamen immer zerschunden zurück: ein zertretenes Schienbein, ein eingerissener Fußnagel, ein geschwollener Knöchel ... Und manchmal spielten wir bis in die Nacht hinein Karten. Meine Mutter machte eine Schüssel mit Popcorn und eine Kanne randvoll mit Kaffee ... Sie verschluckte sich manchmal, wenn sie gar zu sehr über unserer Späße lachte ... Wir waren so unschuldig ... So unbedarft ... So ... glücklich ... Ach! glückliche Zeit, als ich arm war ... (

X.

Das Lachen ließ seine rechte Hand erstarren, die nervös krakelige Buchstaben auf die Tafel kratzte. Der Professor drehte sich zur Klasse um, »Wer war das?«, sein Blick verfinsterte sich, »Wer war das?«, er musterte kauernde Blicke. »Ist hier ein Spaßvogel?« Ein Zittern fuhr durch seinen Körper. Mit dem Rücken zu seinen Schülern, die Gedanken in Aufruhr, versuchte er, den Unterricht wieder aufzunehmen. Ein Flüstern, ein unterdrücktes Kichern zündeten eine Lunte, die sich durch alle Bänke im Klassenraum hindurch schließlich in einem einzigen, hysterischen Lachen entlud. Der Professor griff nach dem Klassenbuch, der abgegriffenen Ledermappe, riss die Tür auf und rannte die Rampe hinunter, als sei der Tumult hinter ihm her. Auf dem Hof hörte er noch immer das Geschrei und das Pfeifen und den Spott, *Sie war's Sie war's Sie*

Der Junge mit dem schmutzigen Lappen über der Schulter wies mit einer verhaltenen Kopfbewegung auf den Mann in Schlips und Kragen in der Ecke der Pinte. Der Mann im Trikot von Flamengo schaute herüber, schätzte, wog ab und flüsterte:

»Willst du?, ich kann mit ihm reden ...«

»Nein ...«

Er schüttete einige Tropfen Cachaça auf den Boden, »für die Heiligen«, aß ein Hühnerteilchen, leckte sich die Finger ab und steckte sich eine Zigarette an, ohne die Augen von dem Blechtisch zu nehmen, an dem der Mann in Schlips und Kragen sich hinter ein Glas Maravilha de São Roque verschanzt hatte *Sie war's Sie war's Sie*

XI.

Der Rektor, versunken in seine Soutane, hatte die Angewohnheit, sich mit der Zunge über die Schneidezähne zu fahren.

Und dies, mehr noch als die Ungewissheit über den Grund der Vorladung, quälte den Priesterschüler. Der alte Ordensmann kam gemächlich herein, bedeutete ihm mit der Hand, Platz zu behalten, und richtete sich hinter dem riesigen Jacarandá-Tisch ein. Der halbdunkle Raum schien etwas zu verbergen, aber was, *Was?* Der Priester fuhr sich mit der Hand über die Augen und schwieg, als betete er oder bäte Gott um Kraft, etwas zu sagen, das seine spärlichen Kräfte offenbar weit überstieg, aber was, *Was*?

Seine ausdruckslose Stimme zwickte den Nachmittag und riss ihn aus seiner Schläfrigkeit:

»Mein Sohn, in etwas mehr als einem Jahr wirst du die Sakramente der Heiligen Mutter Kirche empfangen. Ein besonderer Moment ... Eine weitreichende Entscheidung ... Von da an wirst nicht mehr du Herr über dein Leben sein (und fuhr sich mit der Zunge über die Schneidezähne) Du wirst für immer allen Gelüsten entsagen müssen ... Allen! Wahren und erträumten, materiellen wie immateriellen ... Aber ... (und fuhr sich mit der Zunge über die Schneidezähne) Ich frage mich: Bist du auch wirklich bereit, deinen Teil dazu beizutragen?

»Zweifeln Sie daran, Pater?«, stammelte er.

»Was meinst du?«

Er erhob sich, verschränkte die Arme hinter dem Rücken und schleppte sich bis zum Fenster, von dem aus ein Stück der Straße zu erkennen war, die Juiz de Fora mit der Landstraße Rio-Bahia verband. Mit Blick auf die dürren Bäume auf der Böschung, die sanft zur Straße abfiel, fuhr er fort:

»Mein Sohn ... Ich ... Ich sehe, wie du hier herumstreifst, wie du mit Eifer und Hingabe lernst ... Ich würde nicht sagen, dass du ein brillanter Schüler bist ... Das nicht ... Aber wie du dir Mühe gibst! (Und fuhr mit der Zunge über die Schneidezähne). Ja, du gibst dir Mühe! Lernst, lernst und wirst irgendwann besser sein als die anderen ... deine Mitschüler ... (Und fuhr mit der Zunge über die Schneidezähne)

Aber ... (Er drehte sich um und stützte seine Hand schwer auf die Rückenlehne des Stuhls, auf dem der Priesterschüler mit eingezogenem Kopf saß) Aber ... Ich frage mich: Hast ... Hast du die Erfahrung Gottes gemacht? Hast du? (Und der Priesterschüler versuchte seinen Kopf herumzudrehen, um das Gesicht des Rektors zu sehen, doch ein Sonnenstrahl blendete ihn) Du magst die intellektuelle Erfahrung Gottes gemacht haben, doch du kennst Ihn nicht. Verstehst du? (Und fuhr mit der Zunge über die Schneidezähne) Verstehst du?«

»Aber«

»Gott kennt man nicht ... Gott ist eine Erfahrung ... eine mystische Erfahrung ... Gott spürt man ... Hast du, mein Sohn, schon einmal die Anwesenheit Gottes gespürt? Oder ist es nur Wissen, ein logischer Gedankengang, der dich die Existenz Gottes vermuten lässt? (Und fuhr mit der Zunge über die Schneidezähne) Sobald du dich der Kirche widmest, wird es auf deinem Weg weder Männer noch Frauen, noch Kinder geben ... nur Wesen ... geschaffen nach dem Ebenbild Gottes ... Deine Liebe wirst du den Geschöpfen Gottes angedeihen lassen ... Du musst ehrlich sein zu dir selbst ... Diese Mission, fühlst du dich ... bist zu dazu bereit?«

XII.

Bach oder Beethoven?, fragte sich der Professor, die Augen halb geschlossen, eingezwängt in seinen ausgeblichenen grünen Wildledersessel, strategisch in einer Ecke des Raums aufgestellt zwischen Bücherregal und Musiktruhe. Seine Hände begleiten den ekstatischen Rhythmus der Egmont-Ouvertüre, die Hände dirigieren, einen imaginären Taktstock in der Rechten, das Orchester. Beethoven! Oder *nach was riecht es hier?* Der Professor stand auf, *Zigarette! Zigarettenrauch!* Woher? Er schaute durch die Fensterläden und erkannte ein Stück rote Glut *Wer ist dort draußen?* Er riss das Fenster auf,

Silvana?, hastige Schritte zerdrückten die trockenen Blätter des Mangobaums. *Silvana?*

XIII.

An einer Kreuzung zwischen Rodeiro und Guidoval stieg der Professor aus dem Bus, schaute sich nach allen Seiten um, überquerte die Straße aus festgefahrenem Lehm, Richtung Bagagem. Es war später Nachmittag und Hunderte Singvögel suchten sich ihre Plätze in den Bäumen zum Schutz vor der Kälte der Nacht, die sich ihrer in Kürze bemächtigen würde. Er ging langsam, bezaubert von der Umgebung, wie lange schon hatte er keinen Fuß mehr in den gelben Staub gesetzt, der augenblicklich zu Schlamm wurde, zu einer rutschigen Masse, wenn der Regen kam! Und die Einsamkeit? Und die Stille? Wie lange? Solch ein Gefühl hatte er zuletzt im Seminar gehabt ... In der Ferne, mitten auf der Weide, eine strohgedeckte Hütte, verschlossen, verlassen, *Niemand will mehr auf dem Land leben, die Stadt ist jetzt Mode,* da noch eine Hütte am Hang, die Wände verfallen, kein Dach mehr, ein Kreuz unter einer unförmigen Masse, die einmal farbiges Krepppapier war, noch an der nun nicht mehr benötigten Tür ... Laufen, laufen, laufen, sich in Schluchten der Berge verlieren, den Grotten, ziellos unterwegs sein und dem Zufall die Wahl eines Weges überlassen, der ihn immer weiter fort führen würde, fort ... weiter ... Und die Kindheit kommt ihm in den Sinn ... Am Rande des Weges, die Hütten hinter sich lassend, hier wohnte Orlando Spinelli, dort war das Land der Bicios, dort drüben das der Finettos, hinter dem Hügel die Weiden der Benvenutti ... Da! Kinder säubern die Weide von Sträuchern, ernten Mais, graben einem Gürteltier hinterher, einer Eidechse ... Da! Kinder schälen Orangen, rennen hinter Pferdekarren her, führen ein Ochsengespann, immer in geflickten, karierten Hemden, Hornhaut an den Füßen, den

Hut tief im Gesicht, hooh, hooh, hooh, hooh, der Passant grüßt, Tag!, Tag!, Und? Gut, so Gott will! Wollen Sie nicht hereinkommen?, Einen Kaffee? Weite, Leere, das Gestrüpp wuchert, der Busch verschlingt alles, steigt durch verfallene Fenster, Ruinen, erdrückt Bäume, ein Ochsenkarren, dem ein Rad fehlt, vermodert unter Dachsparren, unter denen früher einmal Tabak trocknete, Stimmen, der Wind stimmt ein Klagelied an und seine Fußsohlen können wie in alten Spuren lesen, die über alles erhabene Nacht greift um sich, Dunkelheit legt sich über die Augen, das Pfeifen eines Käuzchens, *erbärmliches Tier! Da ist ein Pfosten*, er schlüpft durch den Stacheldraht, das Haus muss dort, er stolpert in einen Erdspalt, stellt sich auf, rutscht wieder aus, sein Körper kommt aus dem Gleichgewicht, stürzt den Abhang hinunter, ein Schnitt am Arm, ein Kratzer am Bein, *Was tue ich hier bloß, mein Gott?*, ein Riss in der Jacke, ein Schuh ist weg, er setzt sich auf ein Grasbüschel, verstört, will, *Was suche ich hier überhaupt, mein Gott?* Schließt die Augen. Öffnet die Augen. Das Haus! »Sein« Haus! Schwaches Licht, Rauch aus dem Schornstein, *Da ist jemand!* Und die Fußsohlen schöpfen wieder Kraft, laufen sich frei, nähern sich mit schnellen Schritten, bis zur Zisterne und ... nichts! Kein Licht, kein Rauch ... Nichts. Der Mond hat eine Bresche zwischen die schweren Wolken geschlagen und leuchtet auf das, was noch übrig ist, Ruinen: über das Gelände verstreut, Tonscherben von Dachschindeln, Ziegelreste, Balken, ein zerbeulter Topf, ein Wassertank aus Zement ... Und Gestrüpp, Gestrüpp, Gestrüpp. Die dunklen Wolken ziehen sich wieder am Himmel zusammen; auf der Erde Geräusche der Nacht: Frösche quaken, Grillen zirpen, ein Käuzchen schreit, Tausende Vögel pfeifen ... Der Wind wogt durch die Baumkronen, »Casimiro?«, die Stimme ... *Die Stimme ... Vater?* »Casimiro?« – »Vater?« – »Casimiro, bist du das?« – »Nein, Vater, der Chico.« – »Chico? Wo warst du, verdammt? Ich suche dich schon seit einer Ewigkeit!« Er stand auf, tastete durch die Dunkelheit ... Nur die Stimme, die müde Stimme aus dem Verborgenen zu seiner Rechten. Dann von vorne, die Stimme, der Professor steht auf. »Vater! Wo gehst du hin, Vater?« – »Die Kälber fortsperren, *uai*!, sonst ist morgen keine Milch mehr für euch da, *uai* ...« – »Vater, warte, warte ...« – »Los, Junge! Was für ein Faulenzer!« – »Vater, darf ich was fragen ...« – »Frag ruhig. Sag schon und geh weiter ...« – »Vater, du ... erinnerst du dich, einmal ... einmal, in einer Nacht wie dieser, Regen drohte, hat Faustino ... Faustino hat meinen Teller mit Essen umgetreten ... Ich bin raus aus der Küche ... habe geweint ... bin hinter das Haus ... Du hast mich gefunden, auf dem Hof ... schlafend ... gleich hier neben dem Schuppen ... Du hast mich aufgehoben, mich ins Haus getragen ... auf dem Arm ... mich ins Bett gelegt ... Erinnerst du dich, Vater?«

Der Vater schweigt.

»Erinnerst du dich, Vater?«

»Weiß nicht ... So lange her ... Mein Gedächtnis ...«

»Erinnerst du dich nicht? Das kann nicht sein, Vater ...«

»Weiß nicht ... So lange her ... Mein Gedächtnis ... Ich hatte nie ein gutes Gedächtnis ... Vielleicht erinnert sich deine Mutter noch ... Warum fragst du nicht sie?«

Der Professor fasst kräftig den Arm seines Vaters.

»Vater, warum hast du mich nie in Leopoldina besucht?«

»Hab ich das nicht?«

»Nie.«

»Aber deine Mutter war dort, oder?«

»Sie schon, aber du nicht.«

»Deine Mutter war dort, reicht das nicht?«

»Vater, ich habe auf dich gewartet, jedes Wochenende ... Ich wusste, du würdest mich eines Tages besuchen ... War sicher ... Vater?«

»Vater, wo bist du? Vater, komm zurück! Komm zurück!« Und dann war er allein in der Dunkelheit, versuchte, etwas zu begreifen. *Aber was?* »Vater!« Sein Schrei verhallte im Tal. Einsamkeit. Er vergrub sein Gesicht in den Händen. Er war alt. Und erschöpft. Er schaute sich um: Nur die Nacht. Die Nacht und sonst nichts. *Ich werde langsam verrückt, mein Gott. Höre Stimmen, sehe Gespenster. Mein Gott, wecke mich aus diesem Albtraum, mein Gott!* Links von ihm eine heisere Stimme. »Mutter?« Er stand auf. »Mutter?«

»Kennst du mich nicht mehr?, Junge!«

»Mutter ...« Er umarmte sie. »Wie ... wie lange!«

»Und die Kinder, Chico?«

»Die? Nun ... sie ... es geht ihnen gut, Mutter ... die«

»Mein Junge, lüge deine Mutter nicht an ... Ich weiß ... Ich weiß alles ... Du verstehst dich nicht mit deinen Brüdern, nicht wahr? Das macht mich so ... so traurig ... enttäuscht ... Ich habe euch alle mit der gleichen Liebe großgezogen ... Ihr seid alle hier, aus mir geboren ... Habt an meiner Brust getrunken ... So sollte es nicht sein ... Sollte nicht ... (Und fing an zu weinen)

Der Professor umarmte sie wieder, den Kopf schwer, und sagte schluchzend, er wolle sie suchen, sie könne beruhigt sein, er wolle sie besuchen, gleich morgen, versprach er, gleich morgen mache ich mich auf, und wenn sie etwas brauchen ... überlasse es mir ... ich schwöre ... ich werde ...«

Die Mutter fuhr sich mit dem rechten Handrücken über das faltige Gesicht, beruhigte sich.

»Mutter ... ich muss dich etwas fragen ... etwas, das ... Wie, Mutter, ist ... wie ist ... sterben?«

»Ach, lass das, mein Junge ... Alles zu seiner Zeit, und zur rechten Stunde ...«

»Aber Mutter, erzähl mir ... Der Tod ...«

»Spann den Karren nicht vor die Ochsen, mein Junge ...«

»Mutter ... ich wollte nur ... also ... wissen, wie ... ob ... ob es wehtut ...«

Sie lachte leise und drehte sich um.

»Wehtun? Es tut nicht weh, Dummkopf, das tut nicht weh ... Für den, der geht, ist es Erleichterung ... Es tut denen, die zurückbleiben, etwas weh ... Die Lebenden ... bekommen

Sehnsucht ... Ab und zu erinnert man sich an etwas Süßes, das der, der gegangen ist, mochte ... Man tritt in das Zimmer desjenigen, der gegangen ist, und denkt, dass er sich nie wieder in dieses Bett legen wird ... Man leidet ... Ein eigenartiges Gefühl in der Brust ... Man will auch sterben ... Glaubt, das Leben lohne sich nicht mehr ... Aber dann hält man sich an Gott und überwindet alles, denn das Leben geht weiter, immer ... Für den, der gegangen ist, nicht ... Ein Knacks ... Peng! Und Schluss ... Es ist wie, wenn man nachts über den Hof geht, die Laterne dabei, um den Weg zu beleuchten, und dann plötzlich ein Luftzug, ein leichter Hauch, fuuu!, ist die Flamme weg ... Fertig ... Nur Dunkelheit, Stille ... Und nichts mehr ...«

XIV.

mir durch das Schlüsselloch zuschauen beim Baden? Mir nachstellen ... Ja! Genau Sie meine ich! Arschloch, verdammtes! Alter Lustgreis, Alter

XV.

Doktor Divaldo Sobrinho – Divaldo Antunes Sobrinho –, in allen Winkeln des Forums erfahrener Anwalt, war Chefredakteur des *O Cataguases*. Ein Mann von eher kleiner Gestalt, eher dürr, aber geladen. Immer wenn der Professor sein Büro betrat, hastete er gerade eilig von einer Ecke zu anderen auf der Suche nach einem »immens wichtigen« Papier, das irgendwo sein musste, *Wo denn um Gottes Willen?*, durchsuchte Mappen, riss zornig Schubladen auf und schob sie wieder zu, stieg auf Stühle, um es vielleicht ganz oben auf einem vollgestopften Regal zu finden ... Gebildet, vom alten enzyklopädischen Schlag, kümmerte er sich persönlich um Redaktion und Korrektur jeder einzelnen der acht Seiten des Wochenblatts und attackierte, wann immer es ihm möglich war, die Opposition, versteckt hinter einem absonderlichen Pseudonym. Der Professor war mit ihm wegen seiner literarischen Neigungen in Kontakt getreten. Verfasste zunächst manchmal Sonette von wechselnder Qualität, bis man ihn schließlich bat, eine regelmäßige »leichte« Kolumne zu schreiben, für »die geschätzte Bevölkerung unserer Stadt«, wie es der gebildete Doktor Divaldo Sobrinho ausdrückte. Später wurde er zum fast glühenden Mitarbeiter, mit seinen Sonetten, Glossen oder auch bestellten Beiträgen über Figuren der lokalen Geschichte oder denkwürdige Ereignisse – über einen Geburtstag, eine Hochzeit, eine Taufe, den Tod einer bedeutenden Person. Mit der Zeit erlangte der Professor gewisse Berühmtheit, und sein Name stand auch in offiziellen Organen der Städte Ubá, Muria, Leopoldina und sogar, wie die Krönung der Krönungen, im *Diário Mercantil* von Juiz de Fora, was ihn im Ansehen von Doktor Divaldo Sobrinho noch einmal steigen ließ. Der Advokat überzeugte ihn davon, dass ihm alsbald die Stadtverordnetenversammlung den Titel eines Ehrenbürgers verleihen dürfte, und der Professor wählte ihn dafür zum wichtigsten seiner beiden Freunde – der andere war Apotheker Geraldo, ewiger Bürgermeisterkandidat der Opposition. Jeden Donnerstag begab er sich nach den morgendlichen Unterrichtsstunden und dem Mittagessen in die Redaktion, wo sie lange Gespräche über klassische griechische und römische Literatur, unmögliche literarische Vorhaben sowie die Ehrung führten, die bestimmt nicht mehr lange auf sich warten lassen würde. Die Jahre vergingen und Legislaturperioden nahmen ihren Lauf, ohne dass der Traum des Professors auch nur ein einziges Mal von den Ädilen in Erwägung gezogen wurde, was ihm wiederum Grund gab, seinem Freund schließlich seine Sympathie für Benito Mussolini, diesen »großen, zu Unrecht von der Allianz internationalistischer Kommunisten und des internationalen Kapitalismus verachteten Mann«, darzulegen. Einmal ließ der Professor einen Schüler der Schule für Schreibmaschine und Stenografie in der Rua do Comércio gegen Geld seine Sonette abtippen, für ein Buch mit einer Einleitung von Doktor Divaldo Sobrinho sowie einem Geleitwort seiner Exzellenz des Herrn Bürgermeisters, doch auch dies wurde schließlich zu einem seiner unverwirklichten Projekte, das die pekuniären Möglichkeiten eines armen Meisters bescheidener Einkünfte weit überstieg. Der Band mit dem Titel Gelebte Sonette wurde Doktor Divaldo Sobrinho feierlich überreicht, der ihn feierlich aufbewahrte »irgendwo, ich weiß nicht mehr genau wo ... Aber gleich ... Mal sehen hier ...«

An jenem grauen Donnerstag ging der Professor zum letzten Mal in das Büro von Doktor Divaldo Sobrinho, um »unwiderruflich« seinen Abschied von der Zeitung zu erklären. *Leider, mein Lieber*, legte er sich seine Rede zurecht und hielt alle fünf Stufen inne und seufzte, *Leider* Begrüßte einen jungen Mann, mager und bleich, das Gesicht voller Pickel und Mitesser, Bürobote, Reporter und Redakteur in einer Person, der an seinem Tisch saß und eine Meldung in die Maschine hämmerte. »Ist der Doktor da?« Er schob die Tür auf, an der in weißen Lettern auf blauem Grund das Wort Chefredakteur stand, und trat in den Raum. Doktor Divaldo Sobrinho suchte gerade verzweifelt ein »immens wichtiges Papier« und widmete ihm nur eine beiläufige Handbewegung. Der Professor setzte sich und beobachtete das Treiben draußen auf der Avenida Astolfo Dutra. Ein feuchter Wind kündigte Regen an.

»Doktor Divaldo, ich bin hier um ... zum letzten Mal ...«

Doktor Divaldo Sobrinho, der entweder nicht gehört hatte oder so tat, als hätte er nichts gehört, fuhr in seiner Suche fort.

»Ich kann nicht mehr, mein Freund, kann nicht mehr ...«

Und senkte betrübt seinen Kopf.

Der Anwalt wandte sich um, stützte sich mit beiden Händen auf den Tisch aus gelbem Pressspan und schaute, als befinde er sich bei Gericht, dem Angeklagten direkt in die Augen und fragte: »Wie bitte? Was heißt, Sie können nicht mehr? Was können Sie nicht mehr, um Gottes Willen?«

»Ich kann nicht mehr ... kann nicht mehr schreiben ... Bitte verzeihen Sie mir, Doktor Divaldo ... Bitte entschuldigen Sie, wenn ich Sie enttäusche ... Aber Sie wissen ... mein Leben ... Mein Leben steht Kopf ... Ich spüre ...«

»Mein Gott! Quantum mutatus ab illo!, würde Vergil sagen.«

Und ließ seinen hageren Körper auf den Stuhl krachen, das Gesicht leicht verzogen. Doch was er spürte, war Erleichterung. Schon lange war des Professors Anwesenheit in der Zeitung ihm eher zur Last geworden ... Diese Freundschaft, einstmals so herzlich, wurde allmählich gefährlich, ein Hindernis ... Die Opposition könnte sie jederzeit gegen den Bürgermeister verwenden ...

Der Professor untröstlich:

»Sie sehen mich hier heute zum letzten Mal, Doktor Divaldo ... Zum letzten Mal! Ich weiß, dass Sie versuchen werden, zu verstehen ... Sie sind ein gebildeter Mann ... Weit über der Provinzialität dieser Stadt ... Weit über der allseits grassierenden Gewöhnlichkeit ... Des leeren Geschwätzes ...«

»Ihre Worte schmeicheln mir, Professor, aber es braucht schon Gründe ... Gewichtige Gründe zumindest, anderenfalls ... könnte ich Ihrem Ersuchen nicht nachkommen ...«

»Ich wusste, Doktor Divaldo, dass ich in dieser schweren Stunde auf Ihr Verständnis bauen kann ... doch ... ich habe keine Kraft mehr ... Das ist alles ... Meine Welt fällt in Stücke ... Und ... Ich befinde mich in einem Strudel ... Staub dringt mir in die Augen ... Ich kann nicht mehr sehen ... Ich, der ich gekämpft habe, um dorthin zu gelangen, wo ich jetzt bin ... ich sehe keinen Sinn mehr in gar nichts ... Es ist entsetzlich, mich so zu sehen angesichts ...«

Und dann schwieg er, den Blick bitter in die Zweige der Flammenbäume der Avenida gerichtet.

Doktor Divaldo Sobrinho erhob sich, atmete am Fenster den kräftigen Duft nach feuchter Erde ein.

»Dat veniam corvis, vexat censura columbas, würde Juvenal jetzt sagen ... Was soll ich, mein Freund, dazu sagen, was? (Ging gestikulierend zum Regal und fuhr mit dem Zeigefinger über die Buchrücken) Ich weiß, wer den Verlust haben wird. Die Gesellschaft! Und dieses unser bescheidenes Wochenblatt, das ohne Ihre Zuarbeit noch bescheidener sein wird ... Was noch soll ich sagen, mein Gott, was noch (und schloss mit belegter Stimme:) Mir bleibt die Luft weg! Mir fehlen ... die Worte ...«

»Sie wissen, Doktor Divaldo ... mein Leben ... Ich sehe nur noch Trümmer um mich herum ... Ruinen ... Nur noch Ruinen ...«

Doktor Divaldo Sobrinho, erfahrener Psychologe der menschlichen Seele, an den Umgang mit Missgeschicken und Elend vor den Toren des Forums gewöhnt, fiel das Zittern seiner Lippen ins Auge, er musste handeln, nein, er durfte in diesem Moment nicht versagen ...«

»Professor, decipimur specie rectie ... Es geht alles vorbei ... Ein schwieriger Moment? Ja. Nicht zu leugnen. Doch nichts, Professor, nichts bleibt ungelöst auf Gottes Erdboden ...«

Er drehte eine Runde durch sein Büro und rieb sich die Hände, ohne zu wissen, was er tun sollte, mit diesem Mann, der da vor ihm saß, mit dem er wunderbare Momente und Entdeckungen geteilt, Vertrauliches ausgetauscht hatte, dieser zerrüttete Mann, der um Hilfe rief und dem er unter keinen Umständen helfen durfte ... Im Grunde mochte er diesen Professor, der sich für einen Dichter hielt, trotz der Beschränktheit seiner Sonette und des speckigen Jacketts, dessen Schultern stets von Schuppen bedeckt waren. Er musste zugeben, er hatte eine gewisse Zuneigung zu ihm entwickelt. Er wusste, dass er mit der Zeit nicht mehr verstehen würde, wie er sich hatte einlassen können mit jemandem, der so ... so ... Nein, im Moment litt er, litt wirklich, ihn so zu sehen, geschlagen, als Gefangener seiner selbst ... Aufgelöst. Ein Mann, dem er wohl wollte, ja wirklich.

»Also, wie Vergil sagen würde, fama volat ...«

Durch die Gardine hindurch folgte er ihm verstohlen. Der Professor überquerte im Laufschritt die Avenida, um sich vor den Regentropfen in Sicherheit zu bringen, die sich schon bald zu einem Unwetter verdichten würden, und verschwand unter Vordächer huschend inmitten schwarzer und farbiger Regenschirme.

»Junge! He, Junge! Komm her, schnell! Spring schnell in die Druckerei! Schnell! Schnell! Lass den Artikel des Professors durch diesen hier auswechseln, he, also!, mein Gott, wo habe ich ihn bloß hingelegt? Er war doch eben noch hier oben ... Hast du ihn nicht irgendwo gesehen?«

XVI.

Elender Teufel! Ah, du wirst ... Wirst zahlen für alles, was du mir angetan hast ... Ich mache dich fertig! Ich

XVII.

Der Professor ließ den Sonntagnachmittag ausklingen auf einer Holzbank im Schatten eines Licania-Baums im Stadtwäldchen, als er den Polizeijeep sah. Sofort stand er auf, sein Herz pochte in der Brust. Am Ende des Waldwegs tauchten zwischen Zweigen, Stämmen und Blättern drei Polizisten auf. Aus der Ferne deutete ein Mädchen (*Silvana?*) in seine Richtung. Die Vögel und der Wind verstummten. Die wenigen Pärchen, die sich dort aufhielten, verdrückten sich vor der Spannung, die in der Luft lag. Die Polizisten kamen auf den Professor zu, legten ihm Handschellen an, wortlos, und schoben ihn zum Wagen. Silvana (*Silvana?*) war verschwunden.

Die Pärchen waren verschwunden. Die Vögel und der Wind nahmen ihre Tätigkeit wieder auf. Und der Nachmittag verging träge weiter.

Die Schlagstöcke bereit öffneten die Polizisten eine Schneise durch die unruhige Menge, die auf der Praça Rui Barbosa zusammengeströmt war. Nur mit Mühe gelang es ihnen, den Professor in einen Metallstuhl zu zwängen, oben im Pavillon. Der Richter in Robe griff nach dem Mikrofon und seine nach Ruhe verlangende Stimme hallte aus sechs Lautsprechern in den Johannisbrotbäumen wider. Erst nach vier oder fünf Versuchen gab die Menge dem Ersuchen statt. »Volk von Cataguases! In meiner Eigenschaft als Vertreter des Gesetzes und Verteidiger der guten Sitten eröffnen wir hiermit die Verhandlung. Wir werden dieses Verfahren auf offene Weise führen, sodass wir uns am Ende mit dem guten Gewissen nach Hause begeben können, unser Aufgabe erfüllt zu haben. Damit alles nach den grundlegenden Prinzipien des Rechts vonstatten geht, bitte ich Sie alle um unbedingte Zusammenarbeit im Lauf des Prozesses.« Ein Raunen elektrisierte die Menge. »Zu meiner Rechten, der Angeklagte, zwangsweise vorgeführt, da er sich wiederholt, unzählige Male, geweigert hat, vor den zuständigen Stellen zu erscheinen.« Die Menschenmenge – die zunehmend anschwoll – erregte sich. »Zu Beginn ... Zu Beginn ... Meine Herren ... Zu Beginn ... Meine Herren ... bitte ... Somit bin ich gezwungen, Gewalt anzuwenden. Ruhe! Ruhe! Danke ... Zu Beginn rufe ich die Zeugen der Anklage, Bürger, ausgewählt unter den Würdigsten und Unbescholtensten unserer Gesellschaft. Ich möchte Sie bitten, sich kurz zu fassen in Ihren Erklärungen, denn morgen ist Montag und die meisten, ich möchte sagen, alle hier Anwesenden sind Arbeiter und müssen früh aufstehen ...« Die Menge brüllte.

Der Friedensrichter, Doktor Emanuel Prata:

»Ehrwürdiger Herr Richter. Brüder und Schwestern in Christo. Der sich hier vor uns befindet, Brüder, hat eine

Schuld gegenüber der Heiligen Mutter Kirche Katholisch Apostolisch Romanischen Bekenntnisses. Während einiger Jahre seines Lebens, zwischen Kindheit und Jugend, nährte unsere katholische Gemeinschaft seinen Körper und sorgte sich um seine Seele. Zunächst untergebracht in unserem Seminar zu Leopoldina und später im Seminar von Floresta der Erzdiözese Juiz de Fora machte der hier Anwesende Gebrauch von unseren Einrichtungen, unseren Büchern und unseren Lehrern, genoss den Seelenfrieden unseres Glaubens. Er nutzte, Brüder und Schwestern, euer aller Schweiß, die ihr mit euren Zuwendungen die Heilige Kirche erhaltet. Und was gab er uns dafür, Brüder? Kaum, dass er sich als ausgebildet empfand, als Mann, reif, der Welt entgegenzutreten, verließ er den Weg der kirchlichen Laufbahn! Und wenn er sich auch der Nahrung zu bedienen wusste, die ihn kräftig und gesund heranwachsen ließ, verstand er es doch nicht, sich die geistige Nahrung zunutze zu machen, die Menschen würdig und bereit macht, in Gemeinschaft zu leben. Verehrte Brüder in Christo, ich bin mir des Gewichts meiner Worte bewusst. Ich kenne das Gewicht meiner Entscheidung. Daher, hochverehrtes Gericht, unterlasse ich es, sie um eine Verurteilung zu bitten. Ich empfehle lediglich, im Namen meiner Herde, den Angeklagten auf irgendeine Weise die Schuld gegenüber den Seinen abzahlen zu lassen.«

Die Menge brüllte mit einer Stimme »Tod dem Angeklagten! Tod dem Angeklagten! Tod dem Angeklagten!«

Der Präsident des Militärkommandos von Cataguases, Doktor Renato Nogueira:

»Hohes Gericht. Meine Damen und Herren. Ich verlange die Höchststrafe für den Angeklagten unter der entsetzlichen Beschuldigung des Vaterlandsverrats. Ja, Damen und Herren, der betreffende Bürger flüchtete sich in den Schoß einer religiösen Institution, um dem Militärdienst zu entgehen, und entledigte sich somit sechs Monaten Schießübungen, einer Erfahrung, die insbesondere angetan ist, den Charakter zu festigen und die Moral aller männlichen Bürger. Die hier anwesenden Reservisten werden mir beipflichten. (Die überall auf dem Platz verteilten Reservisten machten sich lautstark bemerkbar.) Da haben Sie's, Hohes Gericht ... Da haben Sie's, meine Damen und Herren ... Hier sind die, die ihr Leben für das Vaterland geben. Für den Angeklagten, Hohes Gericht, für den Angeklagten verlange ich, verlangen wir, Wächter der Nation, die Höchststrafe!«

Die Menge drohte, den Pavillon zu stürmen, wurde jedoch von den Polizisten daran gehindert.

Der Direktor des Colégio Cataguases, Guaraciba dos Reis:

»Hohes Gericht. Meine Damen. Meine Herren. Ich beschuldige den Angeklagten des Vertrauensbruchs gegenüber dem Staat und gegenüber Hunderten, vielleicht Tausenden Eltern, die ihre Kinder in seine Obhut gaben, um sie in unserer Institution ausbilden zu lassen. Wer weiß, was er unsere Kinder gelehrt hat? Unseren, jawohl, denn auch ich überantwortete die Bildung meiner Kinder diesem Herrn. Wer weiß, wie viele Probleme er diesen jungen Menschen bereitet hat, die die Zukunft unseres Landes darstellen? Wer weiß, wie viele falsche Konzepte, welches schädliche Wissen ihnen eingebläut wurde in ihrer Gutgläubigkeit, ihrer Gutmütigkeit? Oh mein Gott, wir alle wurden betrogen ... Und da er unser Vertrauen auf so schändliche Weise betrogen hat, bitte ich das Hohe Gericht um die Höchststrafe, damit wir, wie der Verehrte wohl ausgedrückt hat, wieder mit ruhigem Gewissen schlafen können.«

Die Menge drohte erneut, den Pavillon zu stürmen, und wurde erneut daran gehindert.

Der Polizeihauptmann, Doktor Aníbal Rezende:

»Hohes Gericht. Meine Damen. Meine Herren. Vier Mal waren wir in der Wohnung des Angeklagten. Das erste Mal aufgrund eines Missverständnisses zwischen ihm und einer jungen Dame, die bei ihm wohnt. Die Nachbarn hatten

Schreie gehört, waren herbeigeeilt und wurden mit folgender Szene konfrontiert: Die eingangs Erwähnte hielt in der Hand eine Bambusstange und versuchte damit den Körper des Angeklagten zu treffen. Auf der Polizeiwache verzichteten beide auf die Anfertigung eines Protokolls. Beim zweiten Mal, ebenfalls von der Nachbarschaft alarmiert, sahen wir uns mit gleicher Szene konfrontiert, nur dass die junge Dame diesmal anstatt einer Bambusstange eine Stich- oder Hiebwaffe führte, die in dem Augenblick unseres Hinzukommens verschwand. Wir konnten ihre Eigenschaften jedoch anhand der oberflächlichen Stichverletzungen an Armen und Thorax des Angeklagten nachweisen. Es wurde ein Ermittlungsverfahren eröffnet. Beim dritten Mal gingen die Nachbarn, der jeden Nachmittag ausartenden Auseinandersetzungen in dieser Wohnung überdrüssig, selbst gegen den Angeklagten und die junge Dame vor. Bei unserem Eintreffen trafen wir mehrere Burschen an, einige davon Schüler am Colégio Cataguases, welche die bereits Genannte umringten in Ausübung vermutlich libidinöser Handlungen. Der Angeklagte befand sich abwesend. Beim vierten Mal schließlich, ebenfalls von den Nachbarn gerufen, war ein starkes Aroma von Marihuana zu verspüren. Glücklicherweise, oder aufgrund eines Hinweises, konnte beim Eintreten lediglich noch der starke Geruch des Rauschgifts wahrgenommen werden. Der Angeklagte befand sich abwesend. Doch, Hohes Gericht, da wir niemanden auf frischer Tat stellen konnten und zudem alle Anwesenden minderjährig waren, zogen wir uns zurück. Wir stellten sie jedoch unter Beobachtung zum Zweck späterer Ermittlungen.«

Die Menschenmenge wurde unruhig.

Der Staatsanwalt, Doktor João Carlos Cunha:

»Hohes Gericht. Meine Damen. Meine Herren. Ich möchte die in Kürze zu treffende weise Entscheidung nicht länger hinauszögern. Ich bitte Sie nur, noch einen Punkt anführen zu dürfen, der von den würdigen Vertretern der Gesellschaft, die vor mir gesprochen haben, noch nicht genannt wurde. Der

Herr, der nun hier vor uns sitzt, beutete jahrzehntelang eine arme Hausangestellte aus, Analphabetin, die auf die Güte ihres Patrons vertraute, von dem sie annahm, er würde ihr auch in der Stunde äußerster Not beistehen. Doch weit gefehlt! Am Sterbebett wurde ihr nichts angeboten. Nichts! Nichts von dem, auf das wir – wir alle – ein Anrecht haben, keine Unterstützung – die wir selbst Tieren gewähren – wurde ihr zuteil. Doch die Bosheit beschränkte sich nicht nur darauf. Als er sich ohne seine ... Sklavin ... sah, nahm er die Hand ihrer Tochter, welche bedrückt war durch den kürzlichen Tod ihrer Mutter und führte sie an die Pforte der Hölle. Für diesen Bürger, Verräter der Familie, der katholischen Kirche, fundamentaler Werte des Landes, Ausbeuter der Gutgläubigkeit und des Vertrauens Dritter, Störer der öffentlichen Ordnung, Hohes Gericht, bitte ich um die Höchststrafe!«

Die Menge johlte.

Der Richter ergriff wieder das Wort:

»Meine Herren, es ist mein Wunsch, dass dieses Verfahren im Lichte der Vernunft und nach allen Regeln der Rechtswissenschaft durchgeführt wird. Daher bitten wir in Fortführung des Verfahrens darum, dass jene, die zugunsten des Angeklagten aussagen möchten, heraufsteigen und nun sprechen mögen oder für immer schweigen.

(Stille)

Der Professor, der bis dahin mit gesenktem Kopf dagesessen hatte, reckte den Hals und versuchte in der Menge das Gesicht Doktor Divaldo Sobrinhos zu erkennen, oder das des Apothekers Geraldo, oder das eines Verwandten oder eines ehemaligen Schülers oder von irgendjemandem, der erklären könnte, dass es sich hier um ein Missverständnis handelte und dass ... also ... Niemand erschien. Schweiß stand ihm auf der Stirn, unter den Achseln, an Händen und Füßen ...

»Gut, da niemand zugunsten des Angeklagten aussagen möchte, bitte ich die Herren Ankläger darum, den Beschuldigten selbst anhören zu dürfen.«

Und die Menge brüllte wie ein Mann: »Tod dem Angeklagten! Tod dem Angeklagten! Tod dem Angeklagten!«

Und der Ehrwürdige Herr Richter fuhr fort:

»Herr Francisco Pretti: Erklären Sie sich für schuldig oder unschuldig?«

Der Professor stand schwerfällig auf, sein rechtes Bein war eingeschlafen, und griff zum Mikrofon:

»Hohes Gericht. Meine Damen und Herren. Wer unter uns kann sich in der heutigen Zeit, ohne Gott zu beleidigen, der Unschuld rühmen?«

Die wütende Menge beachtete ihn gar nicht mehr und wogte gierig hin und her.

Der Professor kehrte zurück, setzte sich und schlug die Hände vor sein Gesicht.

Der Richter wartete noch einige Sekunden.

»Da der Angeklagte selbst sich für schuldig bekennt, kommen wir nun zum Urteil. (Die Menge verstummte.) In Anbetracht dessen, dass der Staat in der Pflicht steht, die verdorbene Frucht, welche die guten Früchte ebenfalls zu verderben droht, aus dem Schoß der Gesellschaft zu entfernen, verurteile ich den Angeklagten zur Höchststrafe.«

Die Lichter der Stadt erloschen auf der Stelle und wie von einer unsichtbaren Kraft angetrieben, öffnete sich die Menge zu einem langen Korridor, brennende Kerzen in den Händen. Die Wachen rissen dem Professor die Kleider vom Leib und zwangen ihn, eine weiße Tunika anzuziehen mit einem gelben Dreieck auf Höhe der Brust. In seinen linken Unterarm wurde mit glühendem Eisen die Nummer 666 eingebrannt. Schließlich lud man ihm ein riesiges Holzkreuz auf die rechte Schulter. Und unter Schmährufen und verächtlichem Lachen setzte er sich in Bewegung, begleitet von Polizisten, die seinen Körper mit Peitschen peinigten, an denen kleine Bleikugeln baumelten. Als er an der untersten Stufe des Pavillons angelangt war, stellte ihm jemand ein Bein, und der Professor stürzte mitsamt seines Holzkreuzes. Er schlug sich die Knie auf und die Ellenbogen, und ein Schneidezahn brach ab. Mit blutendem Mund versuchte er aufzustehen, fiel erneut hin, die Polizisten peitschten ihn, zerschlugen seinen Rücken. Der Professor stand auf und ging weiter. Die Horde spuckte und rotzte ihm ins Gesicht.

Der Professor schaute ins Leere und sah in der Ferne die lange leuchtende Schlange, die hinaufstieg aus der

PRAÇA RUI BARBOSA

sich die Rua da Cadeia hinabschlängelte, den Rio Pomba über die Neue Brücke überquerte, in die Rua do Remo einbog, die Rua Industrial hinauf
(Und dort waren Gesichter
bekannte und unbekannte
Seite an Seite

die Nonnen	die Gläubigen
die Pratas	die Schwarzen
die Huren	die Prostituierten
die Spiritisten	die Macumba-Priester
die Lions	die Rotarier
die Anwälte	die Unruhestifter
die Arbeiter	die Zahnärzte
die Ärzte	die Hebammen
die Gesundbeterinnen	die Kleinbauern
die Päderasten	die Schwulen
die Waschfrauen	die aus dem Heim
die Gauner	die Irren
die Politiker	die Schmarotzer
die Freimaurer	die Wendehälse
die Haschischraucher	die Schnapstrinker
die Braunen	die Blöden
die Diebe	die Neugierigen)

und erreichte das Wasserreservoir des BAIRRO-JARDIM

Mitten auf der Neuen Brücke stürzte der Professor erneut. Die Wachen schlugen auf ihn ein, doch er konnte nicht mehr aufstehen. Da kam ihm aus der Menge ein Alter zur Hilfe. Erst hob er das Kreuz auf. Dann reinigte er ihm das Gesicht mit einem flauschigen Tuch. Stellte ihn auf die Füße. Legte dem Professor das Kreuz wieder auf die rechte Schulter, ein Klumpen aus geronnenem Blut. Der Professor erkannte ihn wieder, es war Simão, der Irre vom Bahnhofsvorplatz, Soldat im Zweiten Weltkrieg, der wie ein tollwütiger Wolf heulte, wenn der Zug, voll mit Eisenerz, zwei Mal am Tag Richtung Hafen von Rio de Janeiro vorbeifuhr. Und der Alte wurde verspottet, weil er ihm geholfen hatte, und gewaltsam vertrieben. Da fiel dem Professor ein, dass er noch nie auch nur ein einziges Wort an Simão gerichtet, ihn nie nach dem Italien-Feldzug gefragt hatte, seinen Schmerz, sein Leiden nicht wahrgenommen ... Wie alle anderen nur gelacht hatte, wenn er am gelben Haus vorbeigekommen war, in dem der Irre lebte, der seinen Verstand auf den schneebedeckten Felsen des fernen und unerreichbaren Monte Castello verloren hatte ...

Unter der Neuen Brücke fielen dem Professor die Sandschürfer auf, die ihn aus ihren von Gaslaternen erleuchteten Booten beschimpften, in der Rua da Industrial sah er, da war es schon gegen zehn Uhr, Arbeiter, die sich am Fabriktor versammelten zur Spätschicht, im Bairro-Jardim stieg er schon schwerfällig die labyrinthischen und fast senkrechten Gassen hinauf, deren Häuser geschmückt waren wie zu einem Fest. Nicht mehr lange, dann ... Als er auf dem Hügel angelangt war, am Wasserreservoir, nahmen die Wachen ihm das Kreuz ab, steckten es in ein zuvor ausgehobenes Loch, befestigten es mit Stein, Sand und Zement. Schlugen seine Hände und Füße mit langen Nägeln an das Holz und stellten es auf.

Die Menge zerstreute sich nach und nach. Nun hieß es, auf den Tod durch Ersticken zu warten. Der Professor blieb alleine zurück, die Stille, die Einsamkeit ... Er schloss die Augen. *Consumatum*

Doch welche Schallplatte drehte sich auf dem Plattenteller? Bach oder Beethoven? Die Sarabanda Partita II für Violine d-Moll oder die Ouvertüre zu

XVIII.

Bach? Oder Beethoven? Nein, vielleicht besser Mein Gott, was ist aus meinem Leben geworden ... Aber ich habe es so gewollt ... Ich bin schuld Wo sind meine Bücher? Ich habe keinen Platz in meinem eigenen Haus! Sie hat alles in Besitz genommen, Ach!, könnte ich doch zurückkehren ... Vergessen ... Schlafen und aufwachen und feststellen, dass alles ein Albtraum war ... Ein schrecklicher Albtraum und dass Wie viele Jahre bleiben mir noch? Wie viele Jahre? Erdrückt. Sie will mich allmählich umbringen ... Will ich das zulassen? Bach oder Beethoven? Der kleine Garten ... niemand kümmert sich mehr um die Blumen, die ich gepflanzt habe mit so viel Hahaha, du hast dich verrannt, Professor, ver-rannt ... Ich lasse sie umbringen ... Ja ... Und wenn ich sie umbringen lasse? Was würde das kosten? Habe gehört, in Caratinga gibt es Leute, die das für ein Ich werde wahnsinnig! Das darf nicht sein! Unmöglich! Dass mir so etwas durch den Mir bleiben nur noch wenige Jahre ... Aber wie viel Leid noch! Wie viel! Sich durch die Stadt zu bewegen mit gesenktem Kopf, etwas Entsetzliches zu verbergen, worüber niemand redet, doch alle wissen es, ich weiß, dass alle es wissen ... Eines Tages werden sie auf der Straße mit dem Finger auf mich zeigen: Das ist er! Und alles wird Mir fehlt meine Mutter. Sie liebkoste meine Haare, wenn sie mich ins Bett brachte ... Meine Geschwister waren eifersüchtig ... Warum? Weil ich der Intelligenteste war. Sie haben mir nie etwas geschenkt ... Haben mir nie geholfen ... Was wollten sie? Ich habe mich immer Und wenn ich verschwinden würde? Wenn ich den Bus in Leopoldina nehmen würde, die Rio-Bahia hoch, ohne Ziel, in einer kleinen Stadt aussteigen würde, zufällig ausgewählt ... Ein Mann, der das Gedächtnis verloren hat ... Das wäre es! Es gibt doch überall solche Leute, ist doch so. Ein Mann ohne Erinnerung. Ohne Papiere. Ohne Vergangenheit. Von vorne beginnen ... Diesmal richtig ... Nicht der Versuchung erliegen ... Gutes tun ... Und wer weiß Sie kommt sicher gleich ... Wird mich beschimpfen ... mich erniedrigen ... mir drohen. Wird mich bestrafen. Sie hat recht Hat sie recht? Sie will mich töten. Sie will mich auslöschen. Mein Gott, was habe ich aus meinem Leben gemacht? Ich habe nicht einmal Freunde ... Niemanden, mit dem ich meine Zweifel teilen kann, sagen, dass ich recht habe, wenn ... Ich wollte nicht, dass mein Leben so Gerade jetzt, wo alles anfing, einen Sinn zu ergeben ... Verflucht sei die Stunde, in der ich diese Gasse betrat Alles steht Kopf, alles. Warum töten sie mich nicht einfach, anstatt zu flüstern, wenn ich vorbeigehe, anstatt heimlich zu kichern, anstatt Habe ich das verdient? Verdammt!, sie hat mein Leben ruiniert, meine Karriere begraben, aus mir einen Trottel gemacht und jetzt Und wenn ich Gift in die Nein, so etwas darf ich nicht einmal denken Ich mache sie Mein Gott, warum kommst du mir nicht zur Hilfe? Warum? Stand denn geschrieben, dass es so sein würde? Ja? Ich ging meinen Weg allein, gab mir Mühe, nicht aufzufallen, nicht bemerkt zu werden, und dann, eines schönen Tages, kam jemand in mein Haus und alles ist anders, sagt, was zu tun ist und was nicht, beginnt über mich zu bestimmen, und mir zu verbieten, und ich kann nichts tun? Nichts? Mein Gott, ist das eine Prüfung? Ich habe die Kraft nicht ... Soll doch der Tod kommen! Der befreit! Herr, ich kann nicht

XIX.

) Eines Tages tauchte ein Pater dort auf, ein Franzose, Pater Marcel, Marcelo. Ich lag im Bett, hatte in der Nacht Fieber gehabt, ich weiß nicht mehr warum, er kam mit dem Pferdekarren, begrüßte meine Mutter, lehnte sich mit dem Bauch gegen das Mäuerchen, das die Küche vom Garten abtrennte, aß von dem frisch gebackenen Maisbrot, erkundigte sich nach den Tieren, plauderte über das Wetter, seine Erwartungen an die Gemeinde und wartete, bis mein Vater vom Feld kam. Als er zum Mittagessen erschien, sprach ihn der Pater an, und sie setzten sich ins Wohnzimmer, ein Luxus, da dieser Raum nur benutzt wurde, wenn wir sehr vornehme Gäste hatten, Verwandte von weit her, Gevatter ... Sie unterhielten sich gut zwei Stunden lang. Ich meine, der Pater sprach und mein Vater hörte zu, wie ein Pferd, das den Anweisungen seines Besitzers lauscht. Spitzte aufmerksam die Ohren ... Weiß nicht, ob er verstand ... Der Pater verabschiedete sich und meinem Vater ging das Gespräch noch den ganzen Nachmittag nach. Am nächsten Tag hielt er in der Feldarbeit inne, stützte sich auf die Hacke und sagte, den Blick weit über die Hügel hinweg: Nächstes Jahr gehen alle in die Schule. Casimiro, der Älteste, brummte: alle? Alle, wiederholte er ärgerlich. Ich nicht. Sagte Casimiro, nahm die Hacke und ging hacken, alleine in einer Ecke. Ich war da schon wieder gesund und wartete ab, ob noch irgendetwas geschah. Aber nein. Mein Vater steckte sich eine Strohzigarette an und arbeitete weiter. Wir waren sechs, dort zu Hause. Casimiro, der Älteste, und dann, wie die Orgelpfeifen, Faustino, Tõe, ich, Esmeralda und Isabel. Die Mädchen gingen nicht in die Schule – wozu denn, um ihrem Freund Briefchen zu schreiben? Casimiro sträubte sich und ging wirklich nicht. Faustino, Tõe und ich drückten schließlich die Schulbank, sechs Meilen Schulweg hin und auch wieder zurück, jeden Tag auf dem Fahrrad. Ich war acht Jahre alt, und meine Augen verirrten sich in diesem Dickicht aus Buchstaben und Zahlen. Faustino und Tõe waren miserable Schüler, hatten nur Unsinn im Sinn. Pater Marcelo kam im zweiten Jahr wieder zu uns nach Hause, in offizieller Mission, setzte sich wieder mit meinem Vater ins Wohnzimmer, aß Brotpudding mit Kaffee und Rohrzucker und ging dann mit dem Auftrag, mich ins Seminar Nossa Senhora Aparecida zu bringen, nach Leopoldina. In den Ferien kam ich nach Hause zurück, doch nach zwei Jahren verstand ich mich nicht mehr mit meinen Brüdern und meinen Eltern, und sie schien das nicht im Geringsten zu interessieren, obwohl ich merkte, dass meine Mutter stolz darauf war, einen Sohn zu haben, der früher oder später Priester werden sollte, stellen Sie sich vor, Priester! Und so verlor ich meine Familie aus den Augen. Mein Vater hat mich nie in Leopoldina besucht. Meine Mutter war noch ein paar Mal dort. Sie brachte immer Neuigkeiten mit, von allen, auf ihre besondere Art, Dinge zu schildern, immer die unwichtigsten Details. Sie sagte, mein Vater habe Sehnsucht und meine Brüder ließen mich grüßen, und sie vermissten mich alle. Doch nur sie kam mich besuchen. Ein paar Jahre später starb sie. Hirnschlag. Ich war auf der Beerdigung. Weinte. Sah Verwandte wieder. Sah meinen Vater. Sah meine Geschwister. Wollte bei ihnen bleiben, aber ... Ich gehörte nicht mehr in diese Welt. Als die Stunde meines Vaters schlug, war ich im Seminar von Floresta in Juiz de Fora. Er war ins Krankenhaus Santa Casa da Misericórdia eingeliefert worden, ebenfalls in Juiz de Fora. Magenkrebs im Endstadium. Blieb nur eine Woche, und ich besuchte ihn jeden Tag. Ging in der Kantine am Eingang vorbei und kaufte einen Apfel und eine Packung Maiskekse und brachte sie ihm aufs Zimmer, wissend, dass er nichts mehr herunterbekam. Ein Pfleger aß schließlich den Apfel und die Kekse, aber ich fühlte mich verpflichtet, ihm etwas mitzubringen, ich weiß nicht warum. In der Nacht, in der er für immer ging, stand ich am Fenster, schaute dem Treiben auf der Avenida Rio Branco zu, unten die Lichter der Stadt, vorbeifahrende Autos und Busse, ich bekam so ein Gefühl, drehte mich um, sah, dass er schnarchte, ging langsam zu seinem Bett, kniete mich hin, ganz nahe an sein Ohr und flüsterte: Vater, lass mich dich etwas fragen. Weißt du noch ... eines Nachts, es sah nach kräftigem Regen aus, und Faustino ... Faustino hat meinen Teller mit

Essen umgetreten ... einfach so ... Ich begann zu weinen ... bin aus der Küche gerannt ... auf den Hof ... Der Wind fegte die Blätter vom Boden und es blitzte ... Ich bekam Angst, kauerte mich hin, bin eingeschlafen ... Du hast mich dort neben dem Schuppen gefunden ... erinnerst du dich? Du hast mich genommen und ins Haus zurückgetragen ... Auf dem Arm ... mich ins Bett gelegt ... mich zugedeckt, mir mit der Hand übers Gesicht gestrichen, die Lampe ausgeblasen ... Weißt du noch, Vater? Mein Vater schlief schon, einen Schlaf, aus dem er nie wieder aufwachte. Aber ich wusste es nicht, verlor die Kontrolle, vergaß, dass ich einen Sterbenden vor mir hatte und dass dieser Sterbende mein Vater war, und brüllte: Weißt du noch? He? Weißt du noch? Weißt du nicht mehr? Ich bekam Lust, ihn zu packen. Ich machte so großen Lärm, dass eine Krankenschwester, die über den Flur ging, erschrak und ins Zimmer kam, sagte, ich solle mich beruhigen, das gehöre sich nicht und so weiter. Ich fuhr mit dem Aufzug hinunter und kehrte ins Seminar zurück. Am nächsten Tag war mein Vater schon nicht mehr da, als ich eintraf. Seine Leiche war schon nach Rodeiro gebracht worden. Ich ging nicht zur Beerdigung, hatte den Mut nicht, ihm noch einmal entgegenzutreten, nicht einmal im Tod. Schämte ich mich? Ich spürte ... Hass ... An diesem Tag begriff ich, dass die Familie für mich nicht mehr existierte. Meine Brüder plagten sich ab in ihrer Armut und Ignoranz ... Und ich ... alles in allem konnte ich mich als einigermaßen privilegiert betrachten: hatte ein Dach über dem Kopf, Essen, saubere Wäsche ... studierte. Würde Priester werden. Würde etwas darstellen im Leben ... Welch Illusion! Sie wussten kaum, dass dies mein Verhängnis sein sollte. Denn je mehr ich wusste, desto mehr wollte ich wissen. Und je mehr ich wusste, umso unglücklicher wurde ich ... Bin ein einsamer Mann ... Allein in der Welt ... Habe meine alten Bezüge verloren, das Land, meine Eltern, meine Geschwister, die Landschaft meiner Kindheit ... Und habe nichts anderes dafür ... Was bleibt von meiner Vergangenheit? Ruinen ...

Nichts als Ruinen ... Ich habe sie nie mehr aufgesucht ... Sie mich auch nicht. Vor fünf Jahren traf ich zufällig Faustino vor der Gesundheitsstation. Ich war dort, um mich untersuchen zu lassen und erkannte ihn schon von Weitem. Spreche ich ihn an oder nicht? Ich überlegte mir, zu ihm zu gehen, ihn zu umarmen, zu fragen, Das Leben, wie geht's so? Und Casimiro, Tõe, Esmeralda, Isabel ... Wollte ich es tatsächlich wissen?, tatsächlich? Dass Casimiro immer noch auf dem Hof lebte oder bereits gestorben war, oder an einer schlimmen Krankheit litt oder was auch immer? Dass es Tõe gut geht, er in Belo Horizonte wohnt oder in São Paulo, eine Schar Kinder hat, die sehr nett sind und dass seine Frau anständig ist? Dass Esmeralda verheiratet ist, die Arme, mit einem fleißigen Kerl, der allerdings trinkt und sie ab und zu schlägt, bis sie grün und blau ist, und sie nicht mehr weiß, was sie tun soll? Dass Isabel, die Kleinste, unser Nesthäkchen, ihrem Mann hilft, eine Kneipe in einem Armenviertel von Além Paraíba oder Rio de Janeiro zu betreiben? Nein, das wollte ich nicht wissen. Ich kehrte um und betete, dass er mich nicht gesehen hatte, und ging schnell Richtung Innenstadt, bat Gott, dass sich so eine Situation nie mehr wiederholen möge, nie mehr.«

XX.

aus dem Kino ...

»Kino? Ich? Welches Kino?«

»Ja Sie, ja mein Herr! Aus dem Machado.«

»Nein ... Das muss jemand anderes gewesen sein ...«

»Jemand anderes? In Ordnung ... Sie glauben, Sie können die ganze Welt an der Nase herumführen, ja? Die ganze Stadt spricht darüber ...«

»Worüber?«

»Sie reden ... sagen Sachen ...«

»Sachen? Was für Sa

XXI.

Der Professor stieg aus dem Bus und schaute sich nach allen Seiten um, überquerte die Straße und hielt dann inne, um sich in einer Spelunke nach dem Weg zu erkundigen. »Könnten Sie mir sagen, wie ich zur Gasse von Zé Pinto komme?« Der Mann schaute ihn argwöhnisch an und fragte: »Warum? Ein Problem?« Der Professor schüttelte den Kopf und sagte: »Nein ... Ich suche nur Dona Conceição ... Sie arbeitet bei mir ... zu Hause ...« – »Dona Conceição? Ah, dann sind Sie der Professor ... Sie hat immer viel von Ihnen gesprochen ...« – »Hat? Wieso hat?« – »Wussten Sie gar nicht? Sie ist gestorben, die Arme. Gott hab sie selig! Aber sie hat nicht gelitten ... Einfach so ... wie ein Vögelchen ...« Dem Professor wurde schwindelig. »Ich bin Zé Pinto, Besitzer der Gasse, angenehm ...« Der Professor reichte ihm mechanisch die Hand. *Und nun?* »Wenn Sie möchten, bringe ich sie hin, wo sie gewohnt hat ...« Und brüllte: »Maria, he, Maria, pass hier auf den Tresen auf, ich bin einen Augenblick unterwegs.« Und ging in Richtung Treppenabgang. Der Professor folgte ihm aufgewühlt. Sie stiegen hinab, durch die Häuser hindurch, bogen dann nach links in einen engen, klammen Durchgang ein. Ein blauer Vorhang aus grobem Stoff verdeckte ein Loch in einer Kellerwand. Zé Pinto schob das Tuch beiseite, trat ein, breitete die Arme in alle Richtungen aus und sagte: »Hier hat sie gewohnt.« Und die Augen zum Himmel gewandt: »Gott gebe ihr einen guten Platz.« Die Augen des Professors gewöhnten sich nur mühsam an die Dunkelheit. Dann erkannte er eine winzige Kommode, an der Wand eine Koje, darunter ein Nachttopf, einen wackligen Tisch, einen Spirituskocher, eine leere Kokosfettdose, einen lädierten Kleiderschrank und einen Strohbesen. Mehr nicht. Dem Professor wurde übel. Schnell ging er hinaus, um die gute Morgenluft einzuatmen. Zé Pinto sagte: »Eine gute Mieterin habe ich da verloren. Sie zahlte pünktlich die Miete und Wasser, ohne sich auch nur einen Tag zu verspäten!, glauben Sie mir!« Auf der Straße fragte Zé Pinto dann: »Und Sie, wo wohnen Sie?« Der Professor antwortete, noch benommen: »In Garinjeira.« Zé Pinto hielt ihm die Tür des DKW auf und fragte: »Soll ich Sie mitnehmen, ich fahre kurz in die Stadt ... Macht mir nichts aus ...« Der Professor schüttelte den Kopf. »Wann war das?« – »Wann war was?« – »Dass sie ... verstorben ist ...« – »Ah! Das war ... lassen Sie mich ... Von vorgestern auf gestern ... Die Beerdigung war gestern ... Ein Jammer ... Kaum Leute ...« Der Professor rieb sich verlegen die Hände. »Und ... hat sie jemanden ... Hinterbliebene? Familie?« – »Ach, sie wohnte allein mit der Tochter ... Silvana.« *Ich muss dem Mädchen helfen ... Ich muss etwas für sie tun ...* »Dieses Mädchen ... das Kind ... wo ist es?«

XXII.

Als meine Mutter klein war, wohnte sie in einer Schlucht Richtung Guidoval. Sie war die Jüngste in der Familie. Während mein Großvater, meine Großmutter und meine Onkel sich um die Tabakpflanzen kümmerten, hielt sie das Haus in Ordnung, eine Lehmhütte. Einmal kehrte sie unter dem Bett ein paar seltsame Eier hervor. Sie brach eines davon auf und sah, dass es ein Schlangenei war. Erschrocken rannte sie hinaus auf der Suche nach meinem Großvater, der irgendwo im Gelände war. Sie brachte fast kein Wort heraus, so erschöpft und erschrocken war sie. Er kam mit ihr herunter. Schob das Bett zur Seite und entdeckte ein riesiges Loch, das nach draußen führte. Und unter dem Bett das Schlangennest. Er begutachtete die Eier und fand, sie seien von einer Grubenotter. Und dass diese, falls er das Tier richtig einschätzte, nicht davon begeistert sein würde, dass jemand ihr Nest angerührt hatte. Es blieb ihnen nur eines. Er nahm einen Küchenhocker, stellte eine abgenutzte Hacke daneben und sagte: Geh auf die Weide und sag Bescheid, was passiert ist. Wenn du zurückkommst, bring die Kaffeekanne mit und stell sie hierher ... Dann nahm er sein Taschenmesser, ein Stück Maisstroh und etwas Tabak, um sich eine Zigarette zu drehen. Mach dir keine Sorgen, Kind, ich töte sie.

XXIII.

Am Morgen war der Professor in Caratinga angekommen, im Omnibus São Paulo-Salvador aus Leopoldina. Er hatte lange gebraucht, um sich zu entscheiden, und nun, als es soweit war, zögerte er. Wäre es eine Sünde, die Schlange zu töten, die sich unter dem Bett eingenistet hatte? War es am Ende die Paradiesnatter? Deren Gift einen allmählich erstickt? Und wenn er nicht den Mut aufbrächte, sie mit den eigenen Händen zu töten, und jemanden damit beauftragte, wäre das auch Sünde? Da war er in einem Restaurant am Rande der Rio-Bahia, in der rechten Brusttasche des Jacketts ein Bündel Geldscheine, bereit, sie dem zu geben, der seinem Unglück ein Ende bereiten würde, die Schlange erledigen würde. War daran etwas falsch? Wer kann es wissen? Gott sendet uns Nachricht, ob wir auf dem rechten Weg sind oder nicht. Erst die Reue sagt es uns. Es ist die Schuld, die es uns einflüstert. Wie viele Nächte hatte er wach gelegen und versucht, Zeichen zu deuten, die nie kamen ... Nun hatte er keine Zweifel mehr. Er würde die Schlange verschwinden lassen. Die Schlange, die er selbst ins Haus geholt hatte. Ah, da ist es ja, das Schwert Gottes! Ein junger Mann, keine dreißig Jahre alt. Unauffällig gekleidet. Ein weißes Trikothemd, eine Jeanshose, ein abgetragener Ledergürtel, abgetretene, geschundene Schuhe. Schwarze, glatte Haare, Augen von der Farbe der Jabuticaba, Zahnlücken oben. Schaut ernsthaft drein. Ohne viele Worte. Freunde noch weniger. Ein höflicher Mensch. Er setzte sich mit dem Blick auf die Eingangstür und mit dem Rücken zur Wand. »Möchten Sie etwas trinken?« – »Coca-Cola«, sagte er. »Verdammte Hitze!«, sagte er und schaute sich misstrauisch um.

Die Cola kam und ein Glas Tafelwein. Der Bursche nahm die Colaflasche, setzte sie an und trank sie in einem Zug aus. Der Professor nippte am Wein und spürte, wie Schweiß ihm aus allen Poren rann. »Und die Arbeit, Chef?« – »Die Arbeit?« Der Professor betrachtete die fettigen Fliesen an der Wand, das schmutzige Glas in den Klappfenstern, an denen der Regen im Staub seine Spuren hinterlassen hatte, das schmierige Plastiktischtuch, das Ketchupglas vor ihm ... »Die Arbeit?« Töten ist Sünde. Doch die Bibel ist voll davon *Die Arbeit* Mein Gott, es war so ruhig ... ich will doch nur weiter unterrichten am Colégio, meine Bücher lesen, meine Gedichte schreiben, meine Artikel ... ohne jemanden zu stören ... ein Schatten ... eine Null ... *Die Arbeit*? »Sie ... sie übernehmen Garantie ... für ... die ... Arbeit?« Der Bursche, ein junger Mann von noch nicht einmal dreißig Jahren, empörte sich, die Stille behagte ihm gar nicht. »Sie werden entschuldigen, mein Herr, aber für mich klingt das wie eine Beleidigung ... Ich habe Frau ... habe Kinder ... Leute, die von mir abhängig sind ... Einen Ruf zu verlieren! Bin Profi ... Sie haben sich an mich gewandt, weil jemand mich empfohlen hat ... Und wenn der mich empfohlen hat ... dann aus Vertrauen. Vertrauen, Chef, Vertrauen ... Sie geben mir den Namen der Person, des Menschen ... ein Bild, die Adresse, und den Rest ...« *Ich mache dich fertig ... Verdammt ... Arschloch* ... »Ich ...« Lärm der Lastwagen beim Herunterschalten. Geräusche der Omnibusse, Motorbremse. Besteckklappern. Teller. Geräusche. Geräusche. Geräusche. »Sie ... Sie ändern nicht Ihre ... also ...« Und wieder empörte sich der Bursche. Machte Anstalten, aufzustehen und zu gehen, sagte: »Sehen Sie, Chef, ich bin keine Bordellhure, die am liebsten nur redet, verstehen Sie? Ich habe schon in São Paulo und Belorizonte gearbeitet ... Sie zahlen, ich gehe hin und erledige die Arbeit ... Fertig. Frage nicht, warum und wozu ... Und bin auch nicht wie die, die es auch gibt, die wenn es drauf ankommt, in den Sack hauen. Ich übernehme das. Abmachung ist Abmachung. Und heilig. Ich stehe zu meinem Wort ... Wenn Sie es so wollen, in Ordnung. Wenn nicht, ist unser Gespräch hier zu Ende.« – »Nein, bitte, setzen Sie sich, entschuldigen Sie, ich ... wollte nur ... Wollen Sie noch eine Cola?« Der Mann nickte, steckte sich eine Zigarette an, nahm einen tiefen Zug und fixierte einen Punkt irgendwo hinter dem Kopf des Professors. »Also gut ... Abgemacht ... Es ist ein Mädchen ...« – »Mädchen? Frau? Auf gar keinen Fall, Frauen töte ich nicht.« – »Nein?« – »Nein. Frauen machen zu viel Arbeit. Auf gar keinen Fall!« Und erklärte das Gespräch für beendet. Stand auf und ging zum Tresen, um die Coca Cola abzubestellen. In Schweiß gebadet, hastete der Professor ungelenk hinter dem Burschen her. »Wart mal, wart mal«, sagte er und fasste den jungen Mann am Arm. Dieser musterte ihn von oben bis unten, »Haben Sie nicht verstanden?« – »Verstanden, schon, natürlich habe ich verstanden ... Aber da ist noch eine ... eine Möglichkeit ...« – »Möglichkeit??« – »Ja, eine andere Lösung für das Problem ... Kommen Sie, setzen wir uns wieder ... ruhig drüber reden ...« Und sie gingen wieder zum Tisch zurück. Der Professor trank seinen Wein aus mit einem einzigen Schluck. Der Junge steckte sich noch eine Zigarette an. »Also was?« – »Dieses Mädchen ... diese ... von der ich dir erzählt habe ... sie ... sie wohnt mit einem Mann ... einem Herrn ... also ... also tauschen wir einfach ... anstatt ... also ... anstatt sich um sie zu kümmern ... könnte man ... doch ... also ... ihn ... verstehen Sie? Wir vergessen sie ... und ...« – »Von mir aus in Ordnung. Dann haben Sie die Reise wenigstens nicht umsonst gemacht, nicht wahr?« – »Natürlich ... genau ... nicht umsonst ...«

XXIV.

Bach?
Beethoven?

XXV.

Silvana ... setz dich hierher ... hier ... ja ... Ich will dir etwas erzählen ... etwas, das du niemandem sagen darfst, hörst du?, niemandem ... Es ist ... Es ist ein Geheimnis ... Hör zu: